Les voix de l'île

Annamarie Beckel

Les voix de l'île

roman

Traduit de l'anglais
par Rachel Martinez

Guy Saint-Jean
ÉDITEUR

Catalogage avant publication de Bibliothèque et Archives nationales du Québec et
Bibliothèque et Archives Canada

Beckel, Annamarie, 1951-

[Silence of stone. Français]

Les voix de l'île

Traduction de: Silence of stone.
Comprend des réf. bibliogr.

ISBN 978-2-89455-357-2

1. Roberval, Marguerite de - Romans, nouvelles, etc. I. Martinez, Rachel. II. Titre.
III. Titre: Silence of stone. Français.

PS8553.E295S5314 2010   C813'.54   C2010-941805-0
PS9553.E295S5314 2010

Nous reconnaissons l'aide financière du gouvernement du Canada par l'entremise du
Programme d'aide au développement de l'industrie de l'édition (PADIÉ) ainsi que celle de la
SODEC pour nos activités d'édition. Nous remercions le Conseil des Arts du Canada de l'aide
accordée à notre programme de publication.

Nous remercions le gouvernement du Canada de son soutien financier pour nos activités de
traduction dans le cadre du Programme national de traduction pour l'édition du livre.

Gouvernement du Québec — Programme de crédit d'impôt pour l'édition de livres — Gestion
SODEC

© Guy Saint-Jean Éditeur inc. 2010
Conception graphique: Christiane Séguin
Révision: François Roberge
Traduction: Rachel Martinez

Dépôt légal — Bibliothèque et Archives nationales du Québec, Bibliothèque et Archives
Canada, 2010
ISBN: 978-2-89455-357-2
ISBN ePub: 978-2-89455-372-5

Distribution et diffusion
Amérique: Prologue
France: De Borée / Distribution du Nouveau Monde (pour la littérature)
Belgique: La Caravelle S.A.
Suisse: Transat S.A.

Guy Saint-Jean Éditeur inc.
3154, boul. Industriel, Laval (Québec) Canada. H7L 4P7. 450 663-1777
Courriel: info@saint-jeanediteur.com • Web: www.saint-jeanediteur.com

Guy Saint-Jean Éditeur France
30-32, rue de Lappe, 75011, Paris, France. (1) 43.38.46.42 • Courriel: gsj.editeur@free.fr

Imprimé et relié au Canada

*Je dédie ce roman à la mémoire de
Marguerite de Roberval
et d'Elizabeth Boyer,
dont les recherches approfondies
ont permis d'authentifier les documents
sur ce personnage historique.*

Je me consacre maintenant à oublier. Je m'emploie à moucher les souvenirs, un à un. *Pchit*. De mes doigts mouillés sur la flamme.

Pourtant, lorsque je me penche sur mon ouvrage, les voix s'immiscent, ravivent les tisons sous la cendre grise pour en faire jaillir des flammes brûlantes. *Péché infâme. Impardonnable. N'oublie pas, n'oublie pas.* Elles me tourmentent de leurs psaumes : *Jusqu'à quand, Éternel, m'oublieras-tu ? Je t'invoque des lieux profonds.*

Je me couvre les oreilles, mais je n'arrive pas à les taire.

Je les ai entendues la première fois alors que j'étais sur l'île. Elles surgirent, doux murmures sibyllins, comme les foulards de soie qu'un magicien fait apparaître du ciel, de la pierre, de la mer : saphir, rubis, émeraude, ivoire. Certaines étaient drapées de plumes d'ébène. Voix persifleuses et moqueuses, consolantes et apaisantes : *Abandonnée. Punie. Roberval. Son péché à elle, non le tien. L'amour.*

J'ai vécu vingt-sept mois sur l'île des Démons, dont trois cent vingt jours, presque une année, complètement seule. Je le sais parce que je tenais soigneusement le compte à coups de traits sur les parois couvertes de suie. J'entends encore le frottement de la pierre contre la pierre.

Néanmoins, si vous osiez me le demander et si je daignais répondre, je vous expliquerais que ce n'était pas moi, mais une autre Marguerite qu'on a abandonnée sur l'île. Je vous dirais que c'est elle qui a souffert là-bas, et qu'elle est morte.

Je vous dirais que ma vie débuta lorsque je l'enterrai.

Je n'avais que vingt-et-un ans en 1544 lorsque des pêcheurs

bretons m'ont recueillie sur l'île pour me ramener en France. J'ai trente-sept ans maintenant. Il y a donc seize ans. Pourtant, je revêts encore le crêpe noir du deuil et mes cheveux, libérés de leur coiffe de veuve, retombent en longues boucles châtaines faufilées de fils blancs. Mon visage porte un hâle indélébile. Mes yeux, autrefois couleur des prés au printemps, sont délavés et ont la teinte terne d'une mer étale, malgré ce qui gronde sous la surface. Mes bras et mes jambes sont toujours minces et musclés, et peu importe l'énergie que je déploie à les frotter, mes paumes retiennent l'odeur musquée et sauvage du loup.

Je vis seule à Nontron, dans une étroite mansarde au-dessus de l'étude du notaire. Je préfère la solitude maintenant, et le silence. Ma voix, basse et rauque, est désagréable, même à mes oreilles, comme si les cailloux de l'île s'étaient logés dans ma gorge. Durant trop longtemps, je n'ai eu nul besoin d'amadouer les mots pour qu'ils parviennent jusqu'à mes lèvres mais, maintenant, je parle le moins possible et j'écoute encore moins. La cacophonie des paroles, leur mélange, est trop assourdissante, trop déroutante. Je n'arrive pas à distinguer les mots qui proviennent de l'extérieur de ceux qui montent en moi.

Je fais la classe aux fillettes. Des hommes fortunés envoient leurs petites à l'école de l'étage au-dessous de chez moi pour qu'elles suivent des leçons d'étiquette et de diction. Leur façon d'incliner la tête et de remuer les lèvres dénote une certaine méfiance, mais ils n'oublient pas que Marguerite est née Roberval, qu'elle a déjà dansé la pavane et la gaillarde à la cour du roi François 1er. Ils savent que je suis la seule femme de Nontron à connaître le français et le latin. Ces pères, qui ont abandonné l'Église romaine pour embrasser la nouvelle religion, souhaitent que leurs filles sachent lire les Saintes Écritures. Ils sont huguenots.

J'enseigne donc le français et le latin. J'interdis à mes élèves de s'exprimer en patois angoumoisin mais, avant tout, je les enjoins de se taire ou, du moins, de parler doucement afin de ne pas heurter mes oreilles. Je leur montre aussi les travaux d'aiguille, les chiffres, les lettres et la religion. Je les instruis sur la nature de Dieu.

Dieu n'est pas la parole. Dieu est silence.

Roberval. L'amour. Il faut acquitter ses dettes. Ma petite chambre me renvoie l'écho des chuchotements suaves de lapis-lazuli, comme si elle mesurait cinquante brasses et ses parois de chêne s'élevaient en falaises abruptes.

Je suis assise à fixer l'âtre froid. Les questions du franciscain ont ravivé des images et des réminiscences que je croyais enfouies depuis longtemps. Le moine a frappé à la porte du notaire ce matin, tandis que je donnais ma leçon. Il m'a fait lecture de l'ordonnance du roi, datée du vingt-cinquième jour de mars de l'an de grâce 1560. Elle stipule que Marguerite de la Roque de Roberval doit recevoir André Thevet, cosmographe de François II, chaque jour durant une quinzaine, sauf le dimanche et les jours des fêtes des saints, pour lui révéler tout ce qu'elle sait sur *Terre* Nova, le Canada et la Nouvelle-France.

J'ai corrigé son latin — « *Terra, Terra* Nova » — puis je lui ai dit que je n'étais pas la Marguerite qu'il cherchait.

Mes mots n'ont fait aucun sens pour André Thevet et je n'ai d'autre choix que d'obéir à la volonté du roi. Le franciscain a accepté de me rencontrer les après-midis pour me permettre de passer la matinée à l'école.

J'ai fait la classe aux petites ce matin. Elles s'exerçaient à écrire des lettres, leurs doigts potelés crispés sur les gros morceaux de craie pour tracer laborieusement des lignes tremblantes sur les plaques d'ardoise. Elles s'appliquaient en silence, tête penchée. Toutes, sauf Isabelle. Elle travaillait d'une main assurée, l'écriture étant pour elle une tâche simple dont elle s'acquitte rapidement. Elle était assise près de moi et bavardait en zézayant à cause du trou dans sa dentition à l'avant. Ses lèvres bien dessinées sur sa peau laiteuse sont d'un rose délicat, et les nouvelles dents qui poussent paraissent monstrueuses dans sa bouche menue.

Isabelle est la plus jeune de mes élèves. Elle fréquente ma classe depuis un mois à peine. Lorsque son père est venu s'enquérir sur l'école, il ne m'a pas du tout parlé de travaux d'aiguille, d'étiquette ni de religion. Il a plutôt longuement soupesé mes commentaires brefs au sujet du français et du latin, de la calligraphie et de la lecture, comme s'il comparait mes réponses aux rumeurs étouffées qu'il avait entendues. Monsieur Lafrenière m'a dévisagée comme s'il connaissait — ou voulait connaître — les secrets de Marguerite.

Quoi qu'il en soit, j'ai admis Isabelle en classe. Elle me rappelle Marguerite : le même regard candide, les mêmes boucles sauvages, la même inclinaison impudente de la tête. Ses doigts sont souvent tachés d'encre noire, comme si elle s'exerçait à écrire sur du papier à la maison.

Elle est la seule petite dont je me souviens le nom.

Les voix s'élèvent. *La culpabilité. Péché infâme. Impardonnable.*

Je me couvre les oreilles, mais je ne peux taire le mugissement lancinant ni la cascade d'images : des yeux d'un bleu limpide, un doigt pinçant la corde d'un cistre, une plume d'ébène.

Orpheline, Marguerite n'avait que seize ans lorsque son

cousin plus âgé, Jean-François de la Roque, sieur de Roberval, devint son tuteur. Elle venait d'une famille noble, mais son père était parmi les plus pauvres de son rang. Roberval avait de l'argent. Il acheta des vêtements qui surent mettre en valeur la beauté de Marguerite : une robe de soie couleur cuisse-de-nymphe ornée de perles dont l'encolure carrée exposait sa poitrine. Des jupons empesés enserrant sa taille étroite qui faisaient cascader sa robe avec un doux froissement. Des escarpins de brocard noir brodés de fil d'or et garnis de crevés laissant voir du tissu rose.

Elle tomba sous le charme du beau Roberval mais, encore plus, du genre de vie qu'il lui offrait. Bien qu'il soit un cousin éloigné, il incitait Marguerite à l'appeler « oncle ». Il la divertissait en lui racontant des histoires du roi François, son ami d'enfance, et l'introduisit à la cour où même le regard fureteur du souverain s'attarda avec bonheur sur elle. Marguerite faisait la révérence, souriait et baisait mille mains gantées.

Je touche mes joues de mes doigts gercés, puis je trace le contour de mes lèvres. Je me souviens de leur douceur replète là où je ne sens plus que la sécheresse du parchemin.

Péché infâme. Il faut acquitter ses dettes.

Je réponds :

— Elle voulait seulement sauver son bébé. Elle a été punie, elle a payé.

Lorsque Roberval annonça à Marguerite que François 1er l'avait nommé vice-roi de Nouvelle-France, elle fut à la fois excitée et fière de porter le nom de Roberval. Puis, il lui déclara qu'il planifiait une expédition au Canada et qu'elle l'accompagnerait. À cet instant précis, sa fierté se mua en terreur. Elle avait entendu les histoires sur ce lieu et sa nature sauvage, morne, froide et périlleuse qui circulaient à la cour. Les Indiens avaient attaqué et massacré les hommes de

Jacques Cartier. Les cannibales avaient dévoré l'explorateur Giovanni de Verrazzano. Marguerite n'arrivait pas à croire qu'elle devait quitter Paris pour s'établir dans cette contrée perdue et menaçante, cette terre stérile sans villes, sans livres, sans conversation brillante alors qu'elle commençait à peine à découvrir les plaisirs de la cour et le pouvoir de sa beauté. Pas de soieries, pas de perles, pas de musique. Que des monstres et des Indiens.

La flamme jaune de la bougie s'étire, trop longue et trop intense pour que je puisse la moucher avec des doigts mouillés.

Le seizième jour d'avril 1542, Marguerite monta à bord du *Vallentyne* avec quelques nobles, seize soldats, soixante-treize assassins et voleurs, sept vaches et un bœuf, huit chevaux, trente-cinq moutons, trente-trois chèvres et quatre porcs.

Elle l'aperçut tout de suite. À peine quelques années plus âgé qu'elle, il portait un doublet de soldat. Son sourire la surprit. Marguerite lui répondit d'un hochement faussement timide. Elle remarqua avec ravissement qu'il tenait à la main, beaucoup plus gracieusement que son arquebuse, un cistre incrusté d'ivoire et de métal précieux. Michel la regarda et sourit à nouveau. Son long doigt à l'ongle parfaitement taillé pinça une corde.

La note résonne dans ma tête. Et à travers tout mon corps. *Le désir.* Je ferme les yeux et ma peau se souvient. Lui allongé de tout son long contre elle. Les doigts empêtrés dans les lacets d'un corset, dans les lanières d'une braguette. Le contact des lèvres sur un sein, de la main sur une cuisse. Elle touchait un homme pour la première fois, sa main sur lui.

Mon dos s'arque, je halète.

Le franciscain se penche, tournant telle une mouette glou-
tonne au-dessus d'entrailles fumantes. Il contemple ses
feuilles et ses plumes éparpillées. Il me demande :

—Où avez-vous trouvé refuge ?

Thevet croit peut-être que ses questions sont inoffensives,
mais elles dardent ma chair à vif comme un bec acéré.

Je déloge les cailloux de ma gorge :

—Au début, elle vivait dans un abri en toile.

Il me regarde de côté et cligne de l'œil :

—Elle ?

—Marguerite.

—Mais c'est vous, Marguerite.

—Je vous l'ai expliqué, Père. Je ne suis pas la Marguerite
que vous souhaitez rencontrer.

—Cessez de faire des caprices.

J'observe sa bouche. Ses lèvres bougent, mais je n'entends
que le claquement d'un bec jaune.

Le moine croise les bras sur sa poitrine, amples ailes couleur de charbon :

—Le roi vous a ordonné de répondre à mes questions. Je
répète : où vous réfugiiez-vous… Marguerite ?

J'entends hurler le vent, des griffes lacérant la toile.

—Ils ont construit des abris avec des voiles abîmées que
Roberval leur avait laissées.

—Ils ?

—Marguerite, son époux et sa servante Damienne.

De mauvaise humeur, il saisit une plume blanche :

—Alors, vous n'en démordrez pas. On m'a parlé de cette
Damienne.

Il fait la moue comme si ce nom avait un goût amer.

—Damienne était une bonne personne. Elle aimait
Marguerite.

13

Je revois son large sourire et ses joues rebondies, puis je ferme les paupières et m'apparaissent ses gencives sanguinolentes et ses pommettes saillantes sous sa peau pâle et mince comme du papier vélin.

—La vieille catin! Elle vous a incitée à la promiscuité et à un comportement impudique… C'est une abomination charnelle.

Thevet boit une gorgée de vin pour chasser le goût désagréable de sa bouche, puis trempe sa plume dans l'encre noire et se met à écrire.

Le cosmographe du roi a parcouru la longue route depuis Paris pour me poser ses questions. Trois cents milles de chemins boueux creusés d'ornières. Quatre soldats de la garde royale l'ont accompagné pour le protéger des brigands et des convertis à la nouvelle religion qui pullulent à Angoulême, à point tel que la chapelle catholique de Nontron sert rarement. Nous — André Thevet et celle qu'il croit être Marguerite de Roberval — sommes assis dans l'oratoire, dans une petite pièce à l'odeur de pierre humide et de bois qui se consume. Les fagots crépitent, mais ne soulagent pas du froid. Le feu dans l'âtre et l'étroite fenêtre éclairent faiblement, même en avril lorsque les journées allongent.

Le franciscain a allumé les quatre bougies sur le pupitre.

Il saisit la plume avec une telle force que ses doigts potelés se marquent de sillons:

—N'avez-vous pas accepté, par désespoir, l'aide des démons?

Thevet adoucit son regard, comme s'il voulait manifester de la sympathie, mais le fin trait rouge sur le pourtour de ses yeux me dit qu'il s'agit de la question qui l'intrigue le plus. Il tapote sa feuille de la pointe de sa plume: tap, tap, tap.

Je me détourne et j'entends plutôt le *kek-kek-kek* du

corbeau qui cherche à me mettre en garde. Je hoche la tête en signe d'assentiment : je sais déjà que je ne peux pas faire confiance à cet homme. Je glisse la main dans les plis de ma jupe pour toucher la lame de la dague que je porte sur moi. Elle lui appartenait, au mari de Marguerite. Mon doigt suit la veine foncée de son manche en nacre.

Le moine attend ma réponse, espérant pouvoir m'accuser d'hérésie. Pourtant, Marguerite n'était pas hérétique. Elle n'a pas perdu la foi. Et moi non plus. J'ai fait acte d'apostasie. J'ai tourné le dos à Dieu, mais après qu'il m'a lui-même abandonnée.

Le franciscain me fixe de ses yeux bulbeux, billes jaune-brun au milieu de son visage blême. Il dit :

— Aristote doutait de l'existence du Diable, mais moi, j'ai des preuves. Des marins m'ont raconté que lorsqu'ils longeaient l'île des Démons, ils entendaient des voix humaines qui faisaient grand bruit… jusqu'à ce qu'ils se mettent à prier en invoquant le saint nom de Jésus. Puis, peu à peu, la clameur s'estompait.

La plume tremble au-dessus de la feuille. Thevet souhaite m'entendre parler de formes hideuses, d'êtres lascifs qui mugissent et poussent des cris stridents, qui soufflent leur haleine sulfureuse sur le visage de Marguerite. Il croit qu'elle a dû vendre son âme pour être sauvée. Il veut que je lui raconte.

Je lui explique avec ménagement :

— Les démons venaient parfois à elle, surtout lorsqu'elle était seule.

— À quoi ressemblaient-ils ?

Je les perçois, comme un froissement de papier qui se fait de plus en plus fort : *quarante jours et quarante nuits dans la nature sauvage.* Une explosion de rires, puis un grognement sourd : *Ce n'est rien, Seigneur, rien du tout.* Un long sifflement, puis le croassement des corbeaux : *quark-quark-quark-quark, prouk-prouk-prouk, koum-koum-koum. Huit cent trente-deux jours et huit cent trente-deux nuits. Trois cent vingt jours seule, Seigneur. N'auriez-vous pas accepté l'aide du Démon vous aussi ?*

—Ils étaient noirs et hideux. Certains immenses, d'autres petits, mais tous avaient des yeux rouges, lui dis-je.

C'est faux. Il n'y avait pas, sur l'île, d'autres démons que Roberval. Aucun diable. Seulement les voix diaphanes et tièdes — rose, azur, topaze — qui soufflent leur haleine au doux arôme de cannelle et de clou de girofle sur mes épaules et mon cou. Les voix. Et les corbeaux. Ils sont mes compagnons depuis plus de seize ans. Ils me parlent : ils me font des reproches, m'accusent, me provoquent, me réconfortent. Ils murmurent et vocifèrent, rient et me sermonnent, ils se disputent avec moi et les uns avec les autres. Ni ange ni démon.

Les lèvres brillantes, Thevet salive d'anticipation.

—Que disaient-ils ? me demande-t-il en dardant la langue.

—Rien. Ils ne faisaient que d'horribles bruits, ils hurlaient et poussaient des cris aigus.

Je mens avec facilité au franciscain. Il est crédule, trop avide d'entendre des histoires fantastiques, surtout sur les démons.

—Père, ils s'éloignaient lorsqu'elle priait ou lisait le Nouveau Testament.

« Père ». Le mot m'irrite. Je ne crois pas à l'amour paternel du moine ni à celui de Dieu.

En entendant « Nouveau Testament », le visage pâteux de Thevet se mue en grimace. Il se met à trembler en tentant de masquer sa curiosité :

—Vous avez un Nouveau Testament en français, comme les huguenots. Vous le lisez vous-même, vous ne faites pas confiance aux pères de l'Église.

J'observe la façon dont les plaques d'ardoise du plancher s'imbriquent les unes dans les autres. Il n'y a pas d'interstice assez large pour laisser pénétrer la patte d'un loup ou le museau d'un ours. Seuls les murmures s'y glissent.

Le franciscain est perturbé par la nouvelle religion et ce qu'il imagine être les croyances de Marguerite, mais il demeure prudent. En se rendant à Nontron, il s'est aventuré dans le bastion des huguenots. Et il n'est pas brave.

Ensuite, il se sent frustré de ne pas avoir appris l'histoire de Marguerite des années plus tôt de la bouche même de Roberval qu'il considère comme son « grand ami ».

André Thevet souffle comme un gros ours polaire, imbu de son importance et de sa puissance. Dans sa colère, il me rappelle à nouveau qu'il est le cosmographe de François II et le confesseur de la reine mère Catherine de Médicis. Le bouffon pompeux est trop pétri de lui-même et de ses propres paroles pour entendre quelqu'un d'autre. J'ai maintenant l'assurance que je n'ai pas à révéler les secrets de Marguerite, surtout pas à un moine ignorant qui la traite de femme de petite vertu dénuée d'amour-propre et ne cherche qu'à la châtier. Thevet lui aurait attribué le rôle de Madeleine, la putain repentante.

Quel idiot ! Le péché de Marguerite n'avait rien à voir avec le sexe.

Les bougies se consument en produisant de la fumée et de grandes flaques de suif infect. La nausée m'envahit à cause de l'odeur de chair putride qui grille. Derrière le visage insignifiant du moine, j'aperçois un loup marin en putréfaction coincé dans une crevasse, ses orbites vidées par les corbeaux qui ont picoré les yeux. Je sens la graisse rance qui fond et j'ai sur la langue le goût de la chair huileuse.

N'oublie pas, n'oublie pas. Péché infâme. Impardonnable. N'oublie pas, mais ne dis rien. Ne dis rien.

Les voix s'entremêlent au sermon du franciscain sur les huguenots. Je couvre mes oreilles de mes mains et je me balance d'avant en arrière :

—Non, je ne dirai rien. Arrêtez ! Arrêtez !

Je lève les yeux. Thevet a fermé la bouche au milieu de sa phrase. Je crains d'abord qu'il ait entendu les voix, mais je me rends compte qu'il est contrarié plutôt qu'inquiet. Depuis que je les ai perçues pour la première fois il y a seize ans, j'ai découvert qu'elles ne s'adressent qu'à moi. Personne d'autre ne les entend jamais.

Je baisse les mains et les pose sur mes cuisses. Je murmure :

—Arrêtez, s'il vous plaît. Ne médisez pas des huguenots.

Je me moque des huguenots, mais j'affiche un air pensif pour lui faire croire que je médite sur ses récriminations à l'égard de la foi de Marguerite.

—Les démons… Dites-m'en plus.

—Elle gardait la foi. Elle priait. Ils ne l'ont pas beaucoup dérangée.

Il pianote sur la table. J'attends, sachant qu'il veut que je lui parle des esprits malins, mais aussi qu'il préfère sa propre voix à la mienne. Il tripote de ses doigts roses les poils rêches de sa barbe grisonnante. Il ne parvient pas à se retenir plus longtemps et commence à discourir sur ses expéditions vers le Levant où, jeune homme, il a rencontré des Turcs et des Arabes.

—Folie et superstition, proclame-t-il. J'aime mieux les Tupinambas, même si ces Sauvages d'Amérique ne respectent aucune règle de savoir-vivre.

Il ouvre largement les mains pour mieux partager sa sagesse :

— Marchant dans l'obscurité et ignorant tout de la vérité, ce ne sont pas des créatures raisonnables. Les Tupinambas sont sujets à de nombreuses illusions fantastiques et aux persécutions des mauvais génies. En fait, ils vénèrent le Diable.

Il chuchote ces dernières paroles, comme si elles pouvaient à elles seules l'entraîner vers l'hérésie. Ses lèvres vineuses se crispent.

Les hérétiques causent beaucoup d'inquiétude en cette époque. Le mot prend une forme noire tordue au-dessus de sa tête, un crêpe tourbillonnant traversé de rubans vermillon. Le crêpe se dépose comme un scapulaire sur ses épaules. J'aperçois des femmes et des hommes égorgés, le ventre transpercé d'un sabre, parce que l'Église les avait accusés d'hérésie. Je ne peux m'empêcher de me demander ce que Marguerite, la croyante, penserait d'un Dieu qui approuverait une telle tuerie. Pourrait-elle broder de telles images de massacres et de torture sur une cape ?

Louez l'Éternel, car il est bon, car sa miséricorde dure toujours.

Le franciscain m'entretient encore de l'idolâtrie des Tupinambas en marmonnant. Il m'a oubliée. Je ne suis qu'une spectatrice.

Des images surgissent spontanément. Des os fragiles comme ceux d'un merle. Une crypte rocheuse peu profonde. Des ongles cassés et usés qui grattent le sol. Les mains et les pieds bleus par le froid.

La culpabilité. Péché infâme. Impardonnable.

J'entends les gémissements d'un nourrisson. Je serre les dents pour contenir les hurlements qui montent en moi.

Thevet se souvient de moi. Il trempe sa plume d'oie dans l'encrier.

—Et les démons? me demande-t-il. Qu'avez-vous raconté à la reine de Navarre au sujet des démons?

—Rien. Elle ne m'a pas interrogée à ce sujet.

Peu après mon retour en France, la reine de Navarre, sœur de François 1er, me convoqua à Paris. Elle tenait ma main tannée et calleuse dans ses paumes blanches et douces. Elle me regardait avec bienveillance, alors que les autres me fixaient effrontément, bouche bée. D'une curiosité avide, la souveraine écouta le récit de mon « aventure », comme elle disait, en buvant mes paroles. Elle me donna ensuite des conseils.

—Roberval est un scélérat, me confia-t-elle, mais il n'est pas un criminel. Mon frère a commis la sottise de le nommer vice-roi. Roberval incarne la loi en Nouvelle-France.

—Et mon château? demandai-je. Mes propriétés?

—Tu ne peux rien faire, m'avoua-t-elle. Tu dois t'en remettre à Dieu de le punir. Mais je vais veiller à ton entretien parce que Dieu t'a sauvée.

Dieu t'a sauvée. Fais-lui confiance.

Je croyais que la reine comprendrait l'histoire de Marguerite parce qu'elle aussi avait perdu l'homme qu'elle aimait lorsqu'elle était jeune. Et elle aussi avait pleuré un enfant en bas âge. Mais elle s'appropria le récit de Marguerite et le reprit dans son propre recueil de nouvelles en changeant tout. La reine, persuadée que l'histoire de Marguerite prouvait la miséricorde de Dieu, transforma les faits en récit d'amour et de foi. Elle décida de taire la cruauté de Roberval. Elle décida de ne pas tenir compte de l'abandon de Dieu.

La reine de Navarre fut la dernière, la seule, à qui je parlai de l'île des Démons. Et durant seize ans, je m'évertuai à oublier, jusqu'à l'arrivée du cosmographe du roi hier à Nontron. Thevet a appris il y a quelques mois à peine que

Marguerite de Roberval était l'héroïne du récit de la défunte reine et il en fut très irrité. Il se présenta donc muni de l'ordonnance du roi, de sa plume d'oie et de son papier, comme un mineur équipé de son pic et de sa pelle, pour extraire des détails calomnieux.

Malgré les efforts du moine, je ne lui donnerai rien de mieux que l'or de Cartier, que «l'or et le diamant du Canada».

— La reine ne s'intéressait nullement aux démons. Elle s'inquiétait bien davantage du comportement des franciscains.

Le moine rougit et son malaise me fait sourire. Sympathique à la nouvelle religion, la reine se moquait de la lubricité et de la cupidité de l'ordre de saint François. Elle comparait les franciscains à des cochons qui ne peuvent ni entendre ni comprendre.

— Si la reine de Navarre n'était pas déjà morte, elle aurait été condamnée au bûcher, dit le moine en postillonnant et en pinçant sa lèvre lippue pour empêcher toute discussion sur les opinions de la défunte souveraine.

Il ajoute:

— Qu'en est-il du jeune homme? L'amant débarqué avec vous? Qui était-il?

— L'époux de Marguerite.

— Selon quel rite étiez-vous mariés?

— Leur propre rite.

Le moine lisse la plume blanche, feignant la douceur et la sollicitude:

— Comment s'appelait-il?

— Vous n'avez pas besoin de connaître son nom.

— Bien sûr que si, puisque je dois consigner cette histoire avec exactitude.

— Il suffit de savoir qu'il est mort.

Thevet se rassoit dans son fauteuil et tire sur sa barbe:

—Ne tenez-vous donc pas à révéler toute la vérité sur cette histoire?

—Vous écrirez ce que vous voulez. Les gens croiront ce qu'ils croiront. Peu importe.

—Et l'enfant?

—Son bébé est mort.

Vagissements, gémissements puis silence.

—Garçon ou fille?

—Peu importe.

Il inspire, puis finit par demander:

—Baptisé?

—Oui.

—Comment avez-vous appelé l'enfant?

Le moine se penche et joint le bout de ses doigts. Le bouffon! Me croit-il assez simple d'esprit pour révéler le nom de l'enfant et dénoncer ainsi le père?

Sa voix se fait douce et enjôleuse:

—Vous pouvez tout me dire. Vous n'avez rien à craindre de Roberval… maintenant qu'il est mort.

Je baisse la tête dans une vaine tentative de masquer mon étonnement. En rêve, je l'ai vu mourir des dizaines de fois: ses yeux bleus écarquillés, sa bouche rouge grimaçante, le sang qui s'écoule en glougloutant. Je croyais avoir simplement souhaité sa fin.

—Vous l'ignoriez?

—Oui.

—Votre tuteur a été égorgé l'hiver dernier à l'église des Saints-Innocents à Paris, m'explique le moine en m'observant de près.

Des voix bleu pâle murmurent son nom — *Roberval, Roberval* — puis éclatent d'un rire tonitruant: *Sa miséricorde demeure toujours. Ayez confiance en Dieu.*

Je réprime mon envie de rire, au point d'avoir mal à la gorge. Sa mort me réjouit et j'espère qu'il a souffert. Mais ce n'est pas par crainte de Roberval que je choisis de taire le nom de l'époux de Marguerite. Non. Ce sont les voix qui réclament mon silence.

Thevet glisse sa plume d'oie dans les poils de sa barbe, ce qui produit un bruit agaçant :

— Si vous étiez mariés, comme vous le prétendez, et si sa famille est riche…

— Sa famille est aussi pauvre que celle de Marguerite.

— Mais ils ont perdu un fils, un héritier, et semble-t-il un petit-enfant. Ils aimeraient bien le savoir, selon moi.

— Les proches de son mari le croient tombé au combat, en défendant la colonie des attaques indiennes.

— Comment a-t-il trouvé la mort ?

— Peut-être préféreraient-ils s'imaginer le courage et la bravoure de leur fils plutôt que la bêtise et la cruauté de Roberval, ai-je ajouté en ignorant la question du moine.

Il pointe sa plume en direction de mon cœur :

— Quelle cruauté ? Votre amant et vous avez péché. Vous avez causé un grand scandale. Roberval avait raison de vous punir.

Du plus profond de mes entrailles, je sens monter la bile, l'humeur noire de la rage.

Abandonnée. La justice. Kek-kek-kek.

Imbu de son sentiment de justice, Thevet dépose sa plume pour remplacer une bougie consumée de ses gros doigts potelés. Il l'allume au moyen d'une autre chandelle en laissant tomber un cercle de suif fondant sur sa liste de questions. Le franciscain peut se permettre des extravagances avec les bougies et le papier : après tout, il est un émissaire du roi François II.

—Son assassin court toujours. Révéleriez-vous ce nom?

L'odeur infecte me lève le cœur. L'accusation aussi :

—Roberval était un chef cruel. Beaucoup d'hommes le détestent et beaucoup voudraient le voir mort.

—Et vous?

—Ne croyez-vous pas que j'avais des raisons valables?

—L'avez-vous tué?

—Et comment aurais-je pu me rendre à Paris?

Le moine remue ses feuilles, puis se tourne vers la fenêtre :

—Vous auriez pu y aller en volant, murmure-t-il.

Quel imbécile! Je ne peux réprimer l'explosion de rires qui jaillit de ma gorge. Je tente de me contenir avant de répliquer :

—Père, si je possédais les pouvoirs d'une sorcière, Roberval serait mort depuis longtemps déjà.

Thevet lève un doigt comme s'il venait de résoudre une énigme complexe :

—Ah! Mais il est plus sûr de le tuer maintenant que ses protecteurs, François 1er et Henri, sont morts.

J'incline le menton et je me permets de le provoquer :

—Ne s'agit-il pas plutôt de François 1er et de Diane de Poitiers, la courtisane du roi Henri? Elle était la cousine de Roberval.

—Comment osez-vous!

Ses narines se gonflent et ses poils se raidissent sur son visage empourpré. Il inspire longuement pour se calmer :

—Comment osez-vous parler du fidèle conseiller d'Henri en ces termes! Mais il est vrai que vous n'avez jamais respecté les convenances. Vous vous êtes livrée à des abominations charnelles!

Ses traits se contractent, comme s'il avait des coliques. Ses mots forment des cercles jaunes et font *Clac! Clac! Clac!*

Convenances, abominations charnelles.

Nous nous taisons. Nous observons les mots qui se déplacent entre nous et écoutons gargouiller l'estomac de Thevet jusqu'à ce que celui-ci ne puisse plus se retenir :

— Avez-vous engagé quelqu'un ?

Je me lève et sans attendre la permission du franciscain, je tourne les talons et le quitte. Je l'entends s'agiter derrière moi.

Je traverse le temple à pas pressés sans me signer ni faire de génuflexion devant ce Christ qui était demeuré sourd aux prières de Marguerite. Je lui tourne le dos, serre ma houppelande et mon capuchon, et pousse la porte cintrée de la chapelle. Il pleut. Mon pied écrase un brin de muguet. Je me penche pour caresser les frêles clochettes blanches, pour humer leur parfum sucré et chasser l'odeur froide et humide du granit, la puanteur putride du suif.

Je suis assise près de l'âtre, enveloppée dans une couverture de laine. J'ai toujours froid. Et peu importe la quantité de nourriture que j'ingurgite, je suis maigre et j'ai continuellement faim. Mes os s'entrechoquent. Lorsque les fillettes apportent des biscuits, je veux leur arracher et les avaler tout rond. Elles voient bien que je suis affamée, elles remarquent l'éclat cuivré de mes yeux, le regard du loup, et cachent leur goûter dans les plis de leur jupe.

Les charbons ardents scintillent et rejettent des bouffées de fumée : *la meurtrière, la culpabilité, la justice.*

L'ai-je tué ? J'y serais parvenue facilement : il était trop arrogant pour se tenir sur ses gardes. Je n'aurais eu qu'à glisser une lame bien affûtée le long de son cou, sans malice, comme je le ferais avec un renard ou un chevreuil. Ensuite, j'aurais écouté le gargouillement du sang qui jaillit, puis le sifflement de son dernier soupir. J'aurais laissé son corps et sa peau sur place. Je n'ai besoin ni de l'un ni de l'autre.

Mais je ne suis pas allée à Paris l'hiver dernier. Enfin, je crois. Je me frotte les tempes. J'oublie tant de choses. Mes yeux et mes oreilles me jouent des tours. Le martèlement sourd des gouttes de pluie sur le toit se transforme en grondement des vagues de l'océan. J'entends hurler le vent alors que les feuilles de chêne tremblent à peine. Les ours polaires m'épient derrière la porte et leur souffle transperce la noirceur. Je sens la chaude haleine musquée des loups et j'entends leurs griffes sur la pierre. Je vois des nuages d'acier se vider en pluie d'étain et voiler la lune opaline qui flotte librement comme un esprit, un fantôme, dans un ciel en fusion. Je passe des nuits entières dans l'étreinte des érables, des hêtres et des chênes à écouter le froissement des plumes, le doux battement des ailes d'ébène, persuadée qu'il s'est écoulé une heure à peine. Le soleil impertinent me surprend toujours au petit matin.

Certains jours, je ne me souviens pas d'avoir fait la classe, mais personne ne vient me dire que je ne suis pas descendue. Je dois donc y être allée.

J'ai oublié beaucoup de choses qui sont arrivées à Marguerite, pas assez pourtant. J'aimerais tout effacer. Tout. Mais les voix ne le permettent pas : *péché infâme, impardonnable, la culpabilité.*

Et maintenant, le franciscain voudrait que je me souvienne : *dévergondée, impudique, putain.*

J'ai conservé son Nouveau Testament, pâli et jauni par le vent marin et les larmes salées — des pleurs versés en vain après des prières laissées sans réponses — pour me rappeler l'indifférence de Dieu.

Les voix se moquent : *Aie pitié de moi, Seigneur, car je crie à toi tout le jour. Ô Éternel, je t'invoque des lieux profonds. Jusqu'à quand, Seigneur, jusqu'à quand ?*

Son Nouveau Testament, la dague de Michel, la marmite en fer, la plume noire : je n'ai rien rapporté d'autre de l'île. Trop peu, mais plus que je le voudrais. Parfois, je me dis que j'aurais dû rester là-bas, que je devrais être allongée à côté d'eux, imprégner mes os dans ce lieu.

Je prends la dague et fais une longue entaille sur mon poignet. Des perles rouges apparaissent.

Non. J'oublie beaucoup de choses, mais je n'oublierais jamais trois cents milles de chemins boueux, le vent mordant ni cette dernière image qui m'aurait satisfaite : un regard bleu glacial empli d'une terreur brûlante.

Je ne l'ai pas assassiné, mais j'aurais souhaité le faire.

Le franciscain me soupçonne d'avoir engagé quelqu'un. Quelle bêtise ! J'ai peu d'argent, à peine les quelques pièces que je reçois pour enseigner aux fillettes et la modeste rente que la reine de Navarre a obtenue pour moi. Loin de suffire pour engager un assassin. À moins que… À moins qu'il déteste Roberval autant que moi et qu'il commette cet acte pour sa seule satisfaction.

Est-ce que je connais un tel homme ?

Je me réveille, le souffle court. Son regard courroucé me transperce. Je sens une brûlure au milieu de ma poitrine. Je dois réfléchir. Il est mort maintenant. Mais dans l'obscurité, je vois son visage d'une pâleur d'albâtre et tout aussi froid et lourd. Ses lèvres parfaitement ourlées dessinent un sourire cruel.

J'allume une bougie dans la braise de l'âtre. J'achète des

chandelles en cire d'abeille. Elles coûtent cher, mais je les utilise avec mesure. Je ne tolère pas la puanteur du suif.

J'éprouve une vive douleur au poignet. Je remonte ma manche ensanglantée et je remarque une coupure, comme si la patte d'un ours polaire avait lacéré mon bras. Je ne me souviens pas m'être infligé cette blessure.

Il faut acquitter ses dettes. La culpabilité. La pénitence.

Je réplique :

—Elle a payé, elle a payé.

Je ne peux m'empêcher de grelotter. Je serre la couverture de laine autour de moi. Sur l'île, le froid s'immisçait entre mes os et rien ne parvenait à le déloger.

Vingt-sept mois sur l'île des Démons. Roberval ne revint jamais les chercher. Deux mois seulement après son arrivée au Canada, il dépêcha deux navires à La Rochelle pour le ravitailler. Un peu plus d'une année après la fondation de sa misérable colonie à Charlesbourg Royal, ceux qui avaient survécu à l'hiver rentrèrent en France. De toute évidence, ces navires longèrent l'île, mais aucun d'eux ne s'arrêta. Aucun.

Vingt-sept mois. Ce n'était pas un naufrage ni un accident. Punie. Laissée pour morte.

C'est par pur hasard qu'un bateau breton fit escale sur l'île. Les pêcheurs étaient venus chercher de l'eau fraîche, pas Marguerite.

Comme mon retour en France dut étonner Roberval ! Mais il ne l'inquiéta pas. Il jouissait de l'immunité assurée par son poste de vice-roi de Nouvelle-France et de la protection de son ami le roi François 1er et de sa cousine, Diane de Poitiers, la maîtresse du roi Henri.

Et maintenant, il est mort. Assassiné à l'église des Saints-Innocents. J'ai attendu ce moment durant seize ans. Mais aujourd'hui, je sais que sa mort ne change rien.

Cruelle ironie de Dieu.

Je porte mes mains à mes joues et je me permets un petit souvenir : une peau d'ivoire, des lèvres pulpeuses, des yeux couleur d'herbe fraîche. Marguerite n'avait aucun portrait de sa mère ni même le souvenir de son visage, puisqu'elle était morte en couches. Avec un chagrin immense et en pesant ses mots, le père de Marguerite avait expliqué à sa fille qu'elle ressemblait à sa mère, qu'elle avait la même beauté : sauvage et volontaire, forte de corps et d'esprit, séduisante mais candide.

Sa famille possédait un petit château, mais n'avait pas les moyens d'engager des serviteurs. Marguerite exécutait toutes les tâches domestiques comme une servante : cuisiner, laver la vaisselle, faire la lessive, filer et tisser, prendre soin des moutons, tondre la laine, entretenir le potager, transporter le bois et l'eau, traire les chèvres, abattre les poulets et les cochons, faire fondre la graisse et fabriquer le fromage.

L'orpheline misérable.

Je secoue la tête :

— Non, elle n'était pas une orpheline misérable. Elle vivait avec son père et il l'aimait. Elle n'était pas malheureuse.

Plein de bonnes intentions et sympathique à la nouvelle religion, le père de Marguerite s'était chargé lui-même de l'instruction de sa fille. Malgré leur prix, il ne lésinait pas sur les livres, le papier et les plumes d'oie, ni sur l'huile à lampe et les chandelles, afin qu'elle puisse lire et étudier durant les longues soirées. Il discutait avec elle de ses opinions sur la philosophie et la religion, et lui confia un exemplaire précieux du Nouveau Testament.

J'effleure du bout des doigts la couverture en cuir repoussé, je soulève les pages avec le pouce et écoute le bruit du livre qui se referme en chuchotant les secrets de Dieu.

Un jour, j'ai failli jeter la couverture dans la marmite pour en faire de la soupe.

Marguerite apprenait les psaumes et les prières, elle les chantait en latin et en français. Son père, qui entretenait chez elle une piété bien au-delà de son âge, contribua à faire naître en elle un mélange troublant de scepticisme et de dévotion, d'obstination et d'obéissance, de pragmatisme et de romantisme. La jeune fille livrait un combat avec elle-même, entre la femme de tête et la femme de cœur.

La tête forte, le cœur fort, mais pas assez pour l'île. Être fragile, c'est mourir.

—Oui, dis-je, être fragile, c'est mourir.

Son père décéda subitement alors qu'elle n'avait que seize ans, d'une cause inconnue du médecin de campagne, mais les voisins chuchotaient qu'il était mort d'un chagrin devenu insoutenable. Roberval fut désigné tuteur de Marguerite. Il s'habillait avec élégance, alors que Marguerite avait honte de sa pauvreté et de ses manières de paysanne. Pourtant, Roberval ne méprisa ni ses vêtements, ni ses mains calleuses, ni ses ongles abîmés. Il lui offrit plutôt des gants de soie douce pour couvrir ses mains jusqu'à ce que l'oisiveté assouplisse sa peau et lisse ses ongles.

Roberval engagea une servante pour sa pupille, une veuve normande ronde, gaie et volubile. Plus âgée que Marguerite, Damienne était ravie de servir sa maîtresse, une belle demoiselle qu'elle pouvait habiller comme une poupée et qui occupait ses pensées. N'ayant jamais connu sa mère, Marguerite se mit à apprécier le babillage de Damienne et ses soins pleins de sollicitude.

Marguerite prit grand plaisir aux marques d'attention de Roberval lorsqu'il se mit à la consulter au sujet de ses projets et de ses investissements d'affaires. Il semblait tenir son opinion et son éducation en haute estime, particulièrement ses connaissances en latin.

Vanité. Naïveté. Coquetterie.

J'entends leur mépris. La fumée qui s'échappe de l'âtre ne masque pas l'odeur poussiéreuse de la soie, du taffetas et des livres. Le parfum de la terre humide et de l'herbe tendre entre par la fenêtre ouverte. La fraîcheur qui s'échappe en cette fin d'hiver me fait grelotter. Avril. Le mois où le bateau de Roberval appareilla de La Rochelle pour la Nouvelle-France.

Je m'enfouis davantage dans ma couverture et je fixe la petite flamme. Le souvenir devient insupportable, beaucoup, beaucoup plus douloureux que la coupure à mon poignet.

Je me force à m'endormir, à oublier.

Je sens une présence toute proche, une âme. Je lève les yeux et je vois des yeux verts iridescents qui m'observent par la fenêtre ouverte. Une tête rayée, une oreille déchirée. Je me dirige vers le chat, mais il est sur ses gardes. Il fait volte-face et s'enfuit avec agilité, malgré sa patte arrière toute raide qui le fait claudiquer, comme un pirate à la jambe de bois.

Je vais chercher un lacet de cuir dans le tiroir, je le tends, puis je fais un nœud. J'installe le collet dans l'espace étroit entre ma mansarde et la suivante. Si j'avais un morceau de viande ou de fromage, je pourrais m'en servir comme appât. Le chat est maigre et famélique, mais j'ai faim. J'ai toujours faim.

Les filles s'exercent à broder de leurs doigts malhabiles. Mes propres yeux sont irrités à force de passer le fil dans le chas de leurs aiguilles, encore et encore. Je prends bien soin de couvrir mon poignet avec ma manche.

Les filles sont penchées sur leur ouvrage. Toutes, sauf Isabelle qui tresse un fil écarlate dans sa chevelure foncée.

—Regardez-moi, Madame de Roberval! Je suis belle, non?

—Ton père ne paie pas pour te laisser jouer. Comment pourras-tu aider ta mère si tu n'apprends pas à travailler?

La fillette perd son sourire:

—Maman est morte.

—Raison de plus pour travailler dur.

Je prends son cerceau et le retourne. L'arrière de la toile n'est qu'un fouillis de nœuds et de fils emmêlés.

Isabelle boude:

—Je déteste broder. Mes doigts sont pleins de trous d'aiguille.

—Nous devons souvent faire des choses que nous détestons.

Je regarde mes mains. Je revois mes ongles abîmés qui ont perdu leur ovale régulier: ils sont sanguinolents à force de gratter le roc pour détacher les moules. Des os asséchés. Un cadavre de mouette vidé de sa chair. Je suce le bout des plumes blanches pour tenter de calmer mon ventre gonflé, mais creux. Mes mains et mes pieds sont soudainement engourdis par le froid.

Isabelle secoue coquettement ses boucles, puis enlève le fil rouge, probablement heureuse que la journée, et la leçon de broderie, s'achève. Pourtant, elle prend son temps après le départ de ses compagnes. Elle s'approche, touche ma main du bout des doigts et esquisse un sourire penaud.

Je n'arrive pas à assouplir mes lèvres pour lui rendre ce sourire.

Isabelle se retourne et se précipite à la porte. J'entends

son exclamation de joie à la vue de son père. Et j'imagine monsieur Lafrenière portant son doublet noir et ses manchettes blanches toutes simples. À la différence des autres pères, il n'arbore aucune bague aux doigts, aucun bijou sur sa toque, pas d'armoiries familiales sur la poitrine.

Pourtant, il procure à Isabelle du papier, des plumes et de l'encre.

Par la fenêtre, je contemple un petit carré de lumière ocre se déplacer lentement le long du mur. J'observe comment les pierres plissent la lumière.

Le franciscain brasse ses feuilles, prétendant qu'il n'a nul besoin de s'excuser pour m'avoir accusée d'avoir engagé quelqu'un pour assassiner Roberval. Il est le cosmographe du roi François II, le confesseur de Catherine de Médicis. Sous aucun prétexte il ne demandera pardon pour m'avoir ridiculisée.

La manche de ma robe en laine s'accroche à la blessure de mon poignet. La coupure m'irrite.

Thevet soupire :

—Il est regrettable que la colonie de Roberval n'ait pas survécu. Un honneur immortel — sans oublier la grâce de Dieu — aurait rejailli sur le roi s'il avait pu sauver ces peuples barbares de l'ignorance pour les diriger vers l'Église.

Il se penche, un masque inquiet au visage, et s'adresse doucement à moi, comme si nous étions des conspirateurs :

—Dites-moi tout en commençant par le début. Parlez-moi du Canada.

Un long silence s'étire pendant que je tente de formuler une réponse. Thevet tripote ses plumes en réprimant difficilement son impatience. Il ne peut attendre longtemps :

—Jacques Cartier, ce grand navigateur, est un de mes

meilleurs amis. Il m'a raconté beaucoup de choses.

Je me doute qu'il ment. Cartier était perspicace, déterminé et, aux yeux de la jeune Marguerite, beau et courageux. Jamais un homme de cette trempe ne pourrait se lier d'amitié avec l'imbécile assis face à moi.

Je me contente d'écouter fondre les bougies, mais Thevet se presse de combler le silence :

—Les Indiens Hochelaga sont ceux que les Français connaissent le mieux. En fait, Cartier en a ramené deux au roi. Selon leur religion, ils n'ont aucune cérémonie, aucune autre façon de vénérer ou de prier leur dieu que de contempler la nouvelle lune.

Je fixe la lumière ocre et j'y vois un homme de grande taille debout au milieu du brouillard. Il porte des vêtements de peaux et sa chevelure d'ébène est lissée vers le haut et attachée par un nœud d'où pend une plume de la couleur de ses cheveux qui frémit au vent et frôle sa joue. J'entends le grattement d'une plume, mais ce n'est que le moine.

Thevet continue à murmurer, en levant le doigt pour insister :

—Les Indiens ont été bien traités par les Français. Et pour cette raison même, ils affirmaient que leur dieu, celui qui leur avait dit que les étrangers barbus avaient tué les leurs, était un menteur.

Je crie dans ma tête : « Lequel des dieux ment ? » Puis je dis d'une voix forte :

—Marguerite était obéissante. Elle a suivi son oncle. Mais elle n'a rien appris du Canada. Elle n'a connu que l'île des Démons.

Le moine ne perçoit pas mon amertume.

Lorsque Roberval insista pour que Marguerite et Damienne l'accompagnent en Nouvelle-France, la servante porta les mains à son visage où se lisait la stupéfaction.

—Les bateaux disparaissent en mer et on ne les revoit plus jamais, s'inquiéta-t-elle à voix haute. Les dragons et les monstres sont nombreux dans ces terres. Et les Sauvages aussi.

Marguerite était terrorisée. Elle protesta et discuta, elle pleura et supplia, mais Roberval ne fléchit pas.

—Pendant combien de temps? demanda-t-elle.

Roberval se contenta de lui dire qu'il ferait fortune en Nouvelle-France.

—Mais pendant combien de temps? insista Marguerite. Une année? Deux? Cinq? Toute la vie?

Le moine me dit:

—Marguerite, vous semblez oublier que c'est votre propre comportement scandaleux qui vous a envoyée sur l'île des Démons et, par la grâce de Dieu, vous avez survécu. C'est plutôt miraculeux, selon moi.

Les pierres laissent échapper un ricanement: *Jusqu'à quand, Éternel? Jusqu'à quand m'oublieras-tu? Jusqu'à quand cacheras-tu ta face de moi? Koum-koum-koum. Sauvée par notre grâce, non celle de Dieu.*

Je répète pour faire taire les voix.

—Marguerite a obéi, mais le… le raffinement de la cour lui manquait, dis-je en cherchant le mot juste.

—Ah! Je vois. Une coquette gâtée déjà à l'époque.

—Non, Marguerite n'était pas une coquette. Elle recherchait les discussions savantes, les conversations sur les livres et les idées.

Thevet poursuit d'un ton moqueur:

—Des livres et des idées? La reine de Navarre vous a corrompus, vous et de nombreux autres, avec des discussions sur les nouvelles idées, la nouvelle religion. Dieu soit loué que le roi Henri a agi avec fermeté pour régler tout cela.

Tout cela. Le franciscain continue à parler à tort et à travers des hérétiques, comme si *tout cela* était sans conséquence. Un désagrément. Les hommes pendus aux remparts du château d'Amboise. Les bûchers. La chambre ardente du roi Henri. Tout cela pour un dieu qui ne les entend pas, qui ne répond jamais.

Jusqu'à quand, Éternel ? Jusqu'à quand ? Mes os sont desséchés.

Marguerite priait pour que son oncle change d'idée. Lorsqu'elle constata son entêtement, elle prit son courage à deux mains, persuadée qu'il l'aimait et insistait pour qu'elle l'accompagne au Canada parce qu'il ne pouvait tolérer de vivre trop longtemps éloigné d'elle.

Jacques Cartier, le commandant en second de son oncle, quitta La Rochelle en mai 1541, mais Roberval dut retarder son propre départ puisqu'il n'arrivait à trouver personne pour l'accompagner. Les hommes acceptaient d'aller pêcher à Terre-Neuve, à la condition de rentrer en France après la saison.

Marguerite se sentait en sursis, comme si Dieu l'avait enfin écoutée et était intervenu. Elle souhaitait désespérément que Roberval abandonne son projet et priait avec une ferveur renouvelée.

Enfin, après un an de retard, le roi François accepta de relâcher deux cents criminels emprisonnés en les menaçant d'exécution s'ils revenaient en France. Déployant son charme inépuisable, Roberval réussit à convaincre une douzaine de nobles ruinés de partir à l'aventure en leur promettant qu'ils feraient fortune en Nouvelle-France.

Le seizième jour d'avril 1542, Marguerite et une Damienne toute tremblante, accompagnées de nobles, de soldats, d'assassins et de voleurs libérés, embarquèrent sur le *Vallentyne*, le *Sainte-Anne* et le *Lèchefraye*.

Le franciscain met fin à sa diatribe sur les hérétiques pour poursuivre son interrogatoire :

—Le connaissiez-vous avant de quitter la France ou l'avez-vous rencontré à bord du navire ?

—Qui ?

—Votre amant, précise-t-il avec impatience.

—Elle ne l'a pas connu en France. Il est monté sur le *Vallentyne* en même temps qu'elle… avant les meurtriers et les brigands.

Je revois leurs visages cireux criblés par la variole, leur sourire méprisant s'ouvrant sur des gencives ensanglantées retenant des dents pourries et ébréchées. Mais je revois aussi le regard espiègle de Michel et les paillettes dorées de sa pupille qui promettaient l'amour.

—Un noble ?

—Oui.

—Qu'est-il arrivé pendant le voyage qui a tant irrité Roberval ?

Je hausse une épaule :

—Ils se sont courtisés.

La barbe noire lui chatouille la peau, les doigts dansent sur ses seins. Leurs langues explorent, sa bouche à elle sur sa bouche à lui.

Les lèvres de Thevet esquissent une moue de dégoût en imaginant le désir qui habitait ces corps. Il insiste :

—Votre oncle ne se serait pas opposé à une simple cour. De toute évidence, ce fut plus grave. Vous avez commis un péché, Marguerite, un péché infâme… pour lequel vous devez implorer le pardon de Dieu.

Ma bouche s'emplit de salive. Je la projetterais sur son visage grimaçant si je le pouvais. Marguerite a péché, mais pas avec Michel. Ils se sont simplement aimés. Comme si l'on pouvait aimer, simplement.

—Marguerite a chèrement payé pour ses fautes.

Thevet n'entend pas. Il se lève et me pointe du doigt comme s'il voulait souligner l'importance de ses suppositions :

—Peut-être vous croyiez-vous une Sauvagesse. Les Indiens ne méprisent pas les filles qui *servent* les jeunes hommes avant le mariage.

Il darde sa langue qui se pose à la commissure des lèvres et je sais qu'il feint sa répugnance envers l'évocation du désir.

—D'après Cartier, il existe même des maisons où ils se rencontrent, où les hommes vont *pour connaître* les femmes, poursuit-il.

Il lisse sa soutane en s'attardant au-dessus de son entrejambe. Il me guette pour voir si je le regarde.

Je me détourne et tente d'oublier ce qu'il m'a forcée à voir. J'entends les vers qui s'agitent dans le cimetière dehors, qui grignotent les cadavres frais. Je dis :

—Ils étaient mariés.

—L'union des mains… C'est un rite pour les paysans, pas pour les nobles.

Le franciscain se rassied et parcourt rapidement ses notes :

—Les dossiers de Roberval sont incomplets. Il manque des pages. Mais il semble qu'il n'y avait que sept nobles à bord du *Vallentyne* : Roberval, La Salle, de Velleneuve, La Brosse, de Longueval, de Mire et de Lespinay.

Il hausse un sourcil :

—Sur lequel avez-vous jeté votre dévolu pour commettre votre péché ?

—Leur amour n'était pas un péché.

Les yeux bulbeux de Thevet ressortent encore plus :

—Quelle putain ! Vous ne manifestez encore aucun repentir ? Roberval a eu bien raison de vous punir.

—Il aurait pu les marier, lui dis-je doucement. Ils auraient formé le premier couple de sa colonie.

Les yeux bulbeux de Thevet sont encore plus exorbités :

—Mais vous avez fauté ! Roberval devait donner l'exemple aux autres colons.

—À des meurtriers et des voleurs ?

—Précisément. Manifestement, la discipline sévère de Roberval était nécessaire.

J'entends le bruit du cuir qui mord la peau, j'entends les cris. Je vois les dos lacérés. Un homme pendu à une vergue, les pieds dans le vide. Il se débat, puis plus rien. La puanteur de ses déjections emplit la pièce.

Je frotte mon poignet blessé :

—Roberval n'avait pas besoin de donner l'exemple. Il voulait que Marguerite meure.

Thevet tressaillit :

—C'est grotesque ! Non, c'est avec une tristesse terrible qu'il vous a punie. Il me l'a avoué lui-même.

J'éclate de rire, incapable d'imaginer du chagrin dans le regard de glace :

—Père, comment alors expliquez-vous la disparition de toutes les mentions de Marguerite dans les registres ?

Ses mains palpitent :

—Les registres sont souvent incomplets, il manque des pages…

Je me lasse de parler et je me lasse de Thevet. J'en ai déjà beaucoup trop dit, mais je dois ajouter une chose :

—C'est Roberval qui a détruit les registres.

—Dans quel but ?

—Pour taire l'identité de l'époux de Marguerite.

—Pourquoi aurait-il fait cela?

—Parce qu'il craignait que la famille de son mari lui intente un procès.

—Mais Roberval était vice-roi. Il incarnait la loi.

—Sa famille est noble. Elle aurait pu présenter une supplique au roi François.

Les yeux marron du moine se détournent de moi et je sais qu'il tente de résoudre l'énigme. Il se demande quelle famille de France est puissante au point d'oser présenter au roi François une supplique contre Roberval.

En guise d'adieu, je dis à Thevet:

—Aucun des hommes de votre liste n'était le mari de Marguerite.

Le collet pend, vide. Le chat tigré est perspicace. Je réinstalle mon piège, puis je m'enveloppe dans une couverture et m'installe près du feu. Mes doigts pianotent, pianotent, pianotent sur ma cuisse. Les questions du franciscain ont réinsufflé la vie dans de petites carcasses poussiéreuses qui gisaient au milieu des cendres et de la terre en décomposition. Des mots, des souvenirs, des images bourdonnent autour de moi comme autant de mouches couvertes d'excréments. Un bourdonnement entêtant: *La belle fille innocente. L'amour, le désir. Des os nacrés. Un œil mort tourné vers le ciel ensanglanté. La culpabilité. Péché infâme. Impardonnable. Koum-koum-koum.*

Une araignée tisse sa toile au milieu des fagots de bois rangés près de l'âtre. Elle bouge les pattes avec aisance, tandis qu'elle entrelace les fils de soie l'un à l'autre. J'écoute la musique qu'elle fait en pinçant un à un les fils délicats — une mélodie toute simple, comme celles que chantait Michel. L'araignée est avide de petites créatures, mais elle prend le temps de tendre son piège méticuleusement. Je décide de lui abandonner les bêtes volantes qui bourdonnent dans ma tête. Elle les attrapera et les ligotera, elle les mangera en prenant son temps et j'en serai débarrassée.

Une libellule bleue gracile, dotée d'ailes fines comme du tulle, est ma première offrande. Je la lui remets en disant doucement :

— L'amour.

La putain. La meurtrière. Le sang rouge.

Pour faire taire ces voix, je répète en criant :

— L'amour.

Les premiers jours en mer, Marguerite et Damienne arpentaient le pont, ennuyées et irritables, se méfiant du vent et des vagues. Marguerite n'endurait plus les relents des porcs et des poulets qui lui étaient pourtant familiers et elle se promenait partout en se couvrant le nez avec un mouchoir parfumé à la lavande. Pour empêcher que ses cheveux s'emmêlent au vent, elle emprisonnait ses boucles châtaines dans une résille délicate ornée de perles et se précipitait au pont inférieur lorsqu'elle craignait que le vent salin et les embruns maltraitent sa peau. Amusée par la vanité de sa maîtresse, Damienne l'encourageait, se doutant bien qu'un certain jeune noble, qui se trouvait souvent sur leurs pas, y trouverait du charme.

Marguerite avait connu des hommes beaucoup plus beaux, comme son oncle, mais le visage de Michel, épargné par la variole, et sa barbe foncée soigneusement taillée en pointe l'attiraient davantage. Il souriait facilement et souvent, ce qui rehaussait sa beauté quelconque au point de faire bafouiller Marguerite, elle qui s'exprimait habituellement avec une grande facilité.

Michel avait suivi un court entraînement de soldat et

même s'il n'était ni paresseux ni libertin, il expliqua que la vie de discipline et d'obéissance des militaires ne lui convenait pas. Sa famille, comme celle de Marguerite, était noble, mais désargentée.

Michel se donna un grand coup de poing sur la poitrine en s'exclamant :

— Mais je vais rebâtir ma fortune en Nouvelle-France ! Roberval nous l'a promis. Le vice-roi dit que le sol est jonché d'or et de joyaux à la portée de tous !

— Et les Sauvages ? murmura Damienne. Qu'est-ce que vous en faites ?

Michel balaya ses inquiétudes d'un geste de la main :

— Il y a beaucoup de soldats parmi nous, des soldats armés. Les Indiens ne causeront aucun problème. Et lorsqu'ils verront ce que la civilisation et la religion peuvent leur apporter, ils deviendront bien vite nos alliés.

L'enthousiasme de Michel saisit Marguerite. Il lui donna l'espoir que le Canada ne serait ni aussi terrible ni aussi dangereux qu'elle l'imaginait. Il la distrayait agréablement de ses craintes et inquiétudes.

Néanmoins, n'oubliant pas son rang de pupille du vice-roi, Marguerite essayait de ne pas passer trop de temps en compagnie de Michel. Pourtant, elle se sentait implacablement attirée par sa gaieté et sa conversation agréable. Même si elle lisait son Nouveau Testament et priait tous les jours, et même si elle se plaisait à se croire pieuse et dévote, elle sentit surgir en elle un désir ardent qu'elle ne pouvait réprimer, un désir qui lui rosissait les joues dès qu'elle apercevait Michel.

Damienne souriait avec indulgence. Elle disait :

— Il est peut-être pauvre, mais il est noble. Votre oncle ne s'opposait pas aux attentions des jeunes hommes lorsque vous étiez à la cour. Pourquoi en serait-il autrement ici ?

Je glisse mon pouce le long de la lame acérée de la dague. Comme elles avaient été naïves ! Pourquoi Roberval s'opposerait-il ? J'appuie la pointe sur ma paume, mais je résiste à l'envie de l'enfoncer dans la peau.

Michel, qui en savait encore moins sur la navigation que sur le métier des armes, travaillait peu à bord du navire. Avec tant de criminels à sa disposition, Roberval pouvait difficilement assigner un noble à la cuisine, lui demander de nourrir les bêtes ou lui confier la tâche de jeter à la mer le fumier et le contenu des pots de chambre.

Désœuvré, et probablement inutile aux yeux du vice-roi, Michel prit l'habitude de venir jouer du cistre dans la cabine de Marguerite et Damienne. Il n'était pas un virtuose, mais la jeune femme n'en avait cure. Elle était ensorcelée. Elle dansait au milieu de la petite chambre étouffante en s'imaginant à la cour, arborant un collier de perles chatoyantes sur sa poitrine. Elle entendait le froissement des soies et des taffetas. La musique lui rappelait la reine de Navarre qui lui avait parlé d'Érasme et de Thomas à Kempis. La souveraine et elle prenaient plaisir à converser jusque tard dans la nuit. Elles chantaient même parfois des psaumes ensemble. Ces discussions enivrantes et clandestines qui frisaient l'hérésie incitaient Marguerite à s'entretenir de théologie et de philosophie avec Michel. Elle fut surprise, et légèrement déçue, de se rendre compte qu'il ne savait rien des livres et des idées, et ne s'y intéressait guère.

—Érasme et les gens de cet acabit ne sont pas de grands hommes en Nouvelle-France, lui disait Michel en la taquinant. Leurs philosophies sont comme la cendre : inertes et inutiles. Beaucoup moins importantes pour la colonie que les mousquets, l'or et les pierres précieuses.

Puis, Michel, le visage à nouveau modelé par son charmant sourire, se mettait à jouer du cistre. Marguerite n'avait qu'à fermer les yeux pour sentir les roses et les lis embaumer l'air vicié par les pots de chambre et le fumier.

Après environ deux semaines en mer, Michel vint à leur rencontre sur le pont. Damienne trouva un prétexte pour se retirer dans la cabine, mais elle admonesta Marguerite en agitant le doigt :

— Je respecte votre vie privée avec lui, mais n'oubliez pas la chasteté et la virginité. Ne vous imaginez pas que vous êtes seuls. Il y a toujours quelqu'un qui surveille.

Michel finassa pour se tenir tout près, pour toucher l'avant-bras et la main de Marguerite, pour frôler sa joue de ses lèvres. Elle l'en dissuadait, mais sans conviction. Il lui disait :

— Vous êtes belle.

— *Tu*, le corrigea-t-elle, *tu* es belle.

Elle n'eut jamais l'intention de tomber amoureuse, mais c'est ce qui se produisit. Peut-être aimait-elle autant le confort et la distraction que lui assurait la présence de Michel que le séduisant jeune homme lui-même. Épris l'un de l'autre, Marguerite et Michel ignoraient les regards inquisiteurs et les langues bien pendues. Ils croyaient naïvement que l'obscurité était assez profonde pour les envelopper, que l'œil hypocrite de la lune ne les dénoncerait pas.

— Je t'adore, lui disait Michel, son souffle chaud sur son cou, ses doigts effleurant sa poitrine, puis s'immisçant sous ses jupes. Je t'aime plus que tout. Nous nous marierons et ferons fortune ensemble en Nouvelle-France.

La gorge de Marguerite se noua. Se marier ? Voulait-elle l'épouser ? Elle ne pouvait pas y penser maintenant, tandis que son dos et ses cuisses s'abandonnaient tout contre lui.

Elle réprima un cri provoqué par le désir insoutenable que provoquaient ses caresses. Plus tard, dans la solitude terrible de son étroite couchette, elle se tortilla dans ses draps. Elle se serait caressée si ce geste n'avait pas été un péché aussi infâme.

Le désir lutta contre la piété et la chasteté. La piété et la chasteté gagnèrent. Pour quelque temps.

Le fil ténu de l'araignée vibre, cillement aigu : la libellule bleue emprisonnée se débat. Un rire, comme le froissement de la soie rose foncé. La piété et la chasteté. La demoiselle naïve et le désir.

Je détache mon bonnet noir et laisse mes cheveux retomber sur mes épaules. Je glisse la main à l'intérieur de ma chemise et touche mon sein. Je ferme les yeux et je me souviens.

Je me moque du péché.

Les filles font des additions. Je ne leur ai pas encore expliqué que leur vie se calculera en suites de soustractions, et non de sommes.

Une main délicate touche la mienne :

—J'ai terminé !

Isabelle, qui finit toujours avant les autres, me tend son ardoise, son petit menton vers l'avant. Sa peau a la douceur du satin, d'un poupon, et ses lèvres roses et charnues me font penser à celles de Michel. J'ai envie d'en tracer le contour de mon doigt. Elle me demande :

—Madame de Roberval, pouvez-vous m'enseigner à écrire des poèmes ?

—Tu es trop jeune.

—Papa croit que je suis prête.

La poésie... Marguerite avait lu des centaines de poèmes et pouvait en réciter des dizaines. Des psaumes, mais aussi des exclamations exaltées d'amour, des stances ardentes louant les chevelures blondes, les poitrines d'ivoire. Des rimes lyriques vantant la frêle beauté des fleurs confinées dans un jardin derrière les murs de pierres, des strophes éculées proclamant la grâce et la miséricorde de Dieu.

Marguerite adorait la poésie. Je ne la souffre pas.

— Demande plutôt à ton père.

— Papa dit qu'il est géographe et alchimiste, pas poète. Il dit que toutes les dames bien élevées écrivent des poèmes. Que vous, vous devez connaître la poésie et que vous pourriez me l'enseigner.

J'observe son visage rayonnant, son front lisse et ses yeux limpides. Isabelle ne peut rien dissimuler, mais je m'interroge sur les intentions de son père, monsieur Lafrenière. Que cache-t-il ? Que sait-il de Marguerite ? Que sait-il de moi ?

— Papa ne me dit jamais que je suis trop petite. Pour rien. Il me laisse monter sur un tabouret à côté de lui pour que je le regarde préparer ses élix…

Isabelle babille à travers ses dents manquantes, en zozotant les « s ». Elle tapote un doigt taché d'encre contre sa joue. Son front se plisse tandis qu'elle cherche le mot dont elle ne se souvient plus.

— Ses choses, finit-elle par dire. Il ne me laisse pas encore mélanger, mais bientôt, oui. Et papa me permet de regarder des cartes et de lire tout ce que je veux si je me lave les mains comme il faut et si je ne froisse pas les pages.

— Ton père est bon pour toi.

Je me rends à la fenêtre et agrippe le rebord. Un géographe alchimiste qui joue avec de sombres secrets. Que cherche à savoir monsieur Lafrenière ? Pourrait-il prendre l'histoire de

Marguerite et transmuter le plomb en or ?

Isabelle me suit et tire sur ma jupe :

—Allez-vous me le montrer ? S'il vous plaît ?

Elle me tend son ardoise. Elle a déjà remplacé les additions par quatre vers inégaux :

Maman est au paridis
Elle aime papa et Isabelle
Elle attend papa et Isabelle
Maman est au paridis

Je n'ai pas expliqué à Isabelle que personne n'attend notre arrivée au paradis, que l'amour est mort longtemps avant que la terre ensevelisse le cercueil, longtemps avant que les pierres viennent boucher les caveaux. Je me suis contentée de corriger son orthographe.

—*A*, ai-je repris en pointant son ardoise, *paradis*.

Je lui ai ensuite remis un recueil de poésie : des vers d'amour insipides évoquant les montagnes, l'océan et le ciel, comme si l'amour et la nature n'étaient que douceur, joie et beauté, comme si l'amour se prolongeait au-delà de la tombe.

Je m'assieds dans la classe vide. Je ne veux pas aller à la chapelle. Le petit livre est ouvert devant moi, mais je ne me résigne pas à en lire un seul mot.

La nuit dernière, j'ai rêvé que je marchais dans les bois, que je guettais le froissement des ailes d'ébène, que j'étais à l'affût du regard cuivré des loups et de l'ombre blanche des ours rôdant dans l'obscurité. La nuit dernière, j'ai rêvé de Roberval et de Michel. Je suivais un sentier de pierres grises, des pas sur la neige et la glace. Ce matin, mes savates étaient humides.

Naïvement enthousiaste et brûlante de désir, Marguerite alla voir Damienne. Elle baissa les yeux et la pria :

— Peux-tu nous laisser seuls dans la cabine ?

— Non et non ! répondit la domestique en hochant la tête si énergiquement que la peau sous son menton vibra. *La chasteté, la virginité.*

— Nous nous marierons. Lorsque nous arriverons à Terre-Neuve, je demanderai à mon oncle de nous unir… Sur la terre ferme, pas en mer.

— Alors, vous devez attendre.

— Nous ne pouvons pas.

— Mais vous le devez.

— Si nous ne pouvons pas aller dans la cabine, insista Marguerite enhardie par le désir, nous ferons l'amour sur le pont, devant tout le monde.

— Mais vous ne pouvez pas !

— Nous le ferons quand même.

Damienne se mordit les lèvres :

— Êtes-vous sûre que vous allez l'épouser, que vous pouvez avoir confiance en cet homme ?

— Oui ! répondit Marguerite en tapant du pied.

Michel se glissa dans la cabine en hochant timidement la tête vers Damienne. Elle se retira avec une expression de désapprobation. Les jeunes amants hésitèrent à peine et s'abandonnèrent à leur désir avec plus d'ardeur que de grâce. Le secret et la retenue n'avaient qu'accru leur passion. Pour Marguerite, ce fut sang et douleur, mais elle chercha désespérément à toucher et à caresser, avide d'une apothéose que seule une demoiselle naïve puisse imaginer.

Je renifle l'intérieur de mon poignet et je me rappelle l'odeur de sa peau : sel et petits fruits. Je sens ses mains sur les seins et les hanches de Marguerite. Souvenir de jambes puissantes emprisonnant les siennes, son mouvement à l'intérieur d'elle comblant l'appétit qui battait entre ses cuisses.

Et puis l'autre. Une courte cicatrice nacrée, des yeux acajou. Une plume d'ébène qui tournoie dans le vent, un frottement doux contre sa joue cuivrée.

Je ferme le recueil de poésie et m'oblige à me rendre à la fenêtre. Je ne peux pratiquement rien voir à travers les cercles couleur d'océan. J'observe les volutes emprisonnées dans le verre, semblables à des vagues, et je tape sur les petites bulles. Je respire le sel et j'entends craquer la coque du navire. Je respire l'amour.

Marguerite et Michel s'aimèrent en s'imaginant que leur attirance était secrète. Damienne accepta contre son gré de jouer le rôle de sentinelle patiente, mais elle manifestait sa désapprobation. Marguerite, qui rencontrait encore son oncle pour discuter de ses projets en Nouvelle-France, demeurait à l'affût de tout signe qu'il puisse être au courant.

Le scandale. Roberval. Le cœur noir.

—Oui, un cœur noir, dis-je en glissant le doigt sur la plombure entre les cercles de verre.

Les trois bateaux accostèrent à Saint-Jean le huitième jour de juin, en longeant les falaises élevées avant de pénétrer dans l'étroite ouverture du port. Marguerite compta dix-sept autres navires, français et portugais pour la plupart. Des abris délabrés s'entassaient au bord du rivage et de longs quais s'avançaient dans l'eau tels des doigts noueux.

D'épaisses tranches de poisson séchaient sous le soleil ardent et le vent vif chargé de la pestilence des viscères. Les mouches formaient des nuages noirs bourdonnants et se disputaient les restes avec les mouettes au cri perçant. Malgré tout, les odeurs de Saint-Jean soulageaient les futurs colons de la puanteur des vaisseaux, des miasmes putrides exhalant du bétail et de leurs corps crasseux. Ils se réjouissaient de boire de l'eau douce et du vin qui ne goûtait pas le vinaigre, ils s'exclamaient en mordant dans la viande fraîche et les légumes verts croquants. Ils étaient impatients de débarquer et de marcher sans sentir le roulis sous leurs pieds.

Peu après leur arrivée, Roberval choisissait avec soin ceux qu'ils laissaient descendre, mais il se rendit compte rapidement que les criminels n'avaient nulle part où se cacher, nul endroit où il ne parviendrait pas à les retrouver. Ils pouvaient s'échapper dans les collines et les bois à l'écart de la petite colonie, mais feraient face à un sort bien pire que ce qui les attendait en Nouvelle-France. Roberval se réjouit d'avoir réussi à inspirer la crainte et la haine chez les colons. Ses punitions étaient cruelles : le fouet pour le simple vol d'un morceau de pain dur, la pendaison pour avoir désobéi à un ordre, n'importe quel ordre. Cruel, mais nécessaire : aucun de ses hommes n'osa fuir.

Roberval, le cœur noir.

Je cligne des yeux et hoche la tête, mais je ne peux chasser les images de dos ensanglantés, d'un corps noirci flottant sur les vagues. Je m'agrippe à l'appui de la fenêtre et je fixe les circonvolutions du verre jusqu'à ce que j'arrive à remplacer ces images par de l'herbe et des pâquerettes blanches qui ondoient au vent.

Pendant l'escale à Saint-Jean, Roberval fit le plein d'eau douce, de poisson salé et de toute la viande et de tous les légumes frais qu'il put confisquer, prenant par la force tout ce qu'il voulait. Se complaisant de son titre de vice-roi accordé par la France, il passait ses journées à régler les disputes entre les capitaines de bateaux et les pêcheurs, entre les Français et les Portugais, même si ces derniers protestaient avec véhémence que Roberval n'avait aucune autorité sur eux.

Roberval finit par autoriser presque tous ses passagers à descendre à terre. Même s'il semblait ignorer la liaison de Michel et Marguerite qui se sentaient enhardis par son manque d'attention, les jeunes amants vivaient dans la crainte terrible qu'il les démasque et les assigne à des bateaux différents. Ils prenaient toujours la précaution de ne pas débarquer ensemble du *Vallentyne*.

Au cours d'une ballade, ils découvrirent une petite clairière où ils pouvaient s'allonger sous l'œil doré du soleil, enveloppés par les herbes hautes ondulant en vagues lentes avec un froissement de satin. Les pâquerettes fleurissaient à profusion et Marguerite inspirait profondément le parfum frais de l'herbe et des fleurs qui la soulageait des odeurs fétides du *Vallentyne*. Même l'air salin était plus doux à cet endroit.

Marguerite et Michel se baignaient dans l'eau glaciale d'un ruisseau avant de faire l'amour avec lenteur, leurs corps perlant d'eau.

Michel disait :

—La vie sera ainsi en Nouvelle-France. Nous nous aimerons sous le ciel bleu, sur un lit d'herbes et de fleurs.

Son regard s'adoucissait, devenait rêveur :

—Nous commanderons des livres de France et tu enseigneras la lecture et l'écriture à nos enfants. Tu leur apprendras à compter.

Il caressait son ventre lisse, puis y déposait un baiser. Sa barbe chatouillait Marguerite et elle éclatait de rire. Elle sentait son souffle chaud sur son ventre quand il lui chuchotait :

—Beaucoup, beaucoup d'enfants.

Michel pria Marguerite d'user d'une grande prudence en abordant Roberval au sujet du mariage, comprenant probablement mieux qu'elle sa vraie nature. Toutefois, cédant à l'insistance de Damienne, Marguerite finit par prendre son courage à deux mains pour adresser sa demande à son oncle. Elle énuméra longuement les mérites de Michel, mentionna sa dot, puis annonça à Roberval que Michel et elle souhaitaient se marier.

— Accepteriez-vous, en votre fonction de vice-roi, de présider la célébration ?

— Non, je refuse.

Marguerite fut stupéfaite :

— Mais nous sommes tous les deux bien assortis. Et je l'aime et il m'aime.

Les lèvres de Roberval esquissèrent un sourire de mépris :

— L'amour n'a rien à voir avec le mariage.

— Mais qui d'autre pourrais-je épouser ? Qui ?

— Tu ne l'épouseras pas.

— Au contraire, Oncle, nous allons nous marier !

Roberval allongea le bras et la gifla si fort qu'elle tomba sur les genoux :

— Petite écervelée ! Sans mon consentement, votre union ne sera jamais légale. Tu n'épouseras personne !

La main sur la joue, je sens toujours la douleur brûlante, humiliation pourpre comme une ecchymose, rayée de confusion jaune et de rage noire.

Marguerite se releva avec peine. Avant qu'elle puisse appuyer sur le loquet de la porte et s'enfuir, Roberval lui dit :

— Tu as déjà couché avec lui, n'est-ce pas ? Putain ! Femme de petite vertu !

Couché avec Michel. Putain ! Femme de petite vertu ! Le scandale !

Les voix s'abattent sur mon visage et mes cheveux telle une toile d'araignée. J'agite les mains pour m'en défaire.

Michel vit courir Marguerite et la suivit à sa cabine. Lorsqu'elle lui raconta ce qui s'était produit, il déposa ses paumes fébriles sur son visage en prenant soin d'éviter sa joue tuméfiée.

— Je vais le tuer ! lui promit-elle.

— Ne fais pas ça ! On te tuera ensuite, on te pendra comme un traître.

— Mais ça ! Comment a-t-il osé te traiter de la sorte ?

— Il est le vice-roi.

— Pourquoi t'interdit-il le mariage ?

— Je ne sais pas.

Elle passa en revue les autres nobles parmi les passagers, mais était persuadée que Roberval n'avait nullement l'intention qu'elle se marie avec l'un d'eux. « Tu n'épouseras personne », avait-il dit.

— Que ferons-nous ?

Silence. Les vagues frappaient le navire sans s'émouvoir.

Elle pesa soigneusement ses mots :

— La nouvelle religion autorise l'union des mains lorsque personne ne peut célébrer la cérémonie.

— Mais ce mariage ne sera pas légal, protesta Michel en détournant le regard.

Il se mordit la lèvre de ses dents parfaites :

— Que me fera-t-il ? Il sait tout maintenant.

Marguerite insista :

— Si nous déposons les mains sur le Nouveau Testament en prêtant serment, nous serons mariés aux yeux de Dieu.

L'humiliation l'enhardissait :

— Lorsque je porterai ton enfant, aucun autre noble ne voudra de moi. Mon oncle n'aura pas le choix : il devra accepter de nous unir en public et d'accueillir un couple et son enfant dans sa colonie. Nous devons le faire bientôt, Michel, ce soir même.

Leur cérémonie ressembla à un divertissement à la cour :

dans la cabine éclairée par la lueur des bougies jaunes en cire d'abeille, Marguerite portait une robe de soie rose et Michel, son doublet de soldat. Pour seuls accessoires, le Nouveau Testament de Marguerite, un peu de pain et du vin. La servante désemparée, leur seule invitée, agissait à la fois comme témoin et sentinelle.

Marguerite prononça les paroles rituelles :

—Acceptes-tu de prendre… honorer et chérir… ceci est mon corps… ceci est mon sang…

Puis Damienne se retira et les nouveaux époux s'allongèrent. Ils s'aimèrent avec douceur et désespoir, excités par les interdits.

Le lendemain, Marguerite garda la main sur sa joue et évita son oncle, même si elle craignait davantage pour la vie de Michel que pour la sienne propre. Si Roberval condamnait Michel à la pendaison, il n'y aurait pas de mariage. Mais elle se disait que le vice-roi n'oserait jamais faire exécuter un noble.

Ce soir-là, les navires de Jacques Cartier pénétrèrent entre les falaises jusqu'au port. Roberval détourna son attention de sa pupille et de son amant. Les colons jubilaient, mais Marguerite décela la dureté dans les traits de son oncle.

Roberval accueillit froidement Cartier lorsqu'il embarqua sur le *Vallentyne* :

—Pourquoi n'êtes-vous pas à Charlesbourg Royal ?

Le Malouin s'efforça de manifester du respect, mais fut trahi par le tressaillement d'un muscle à la commissure des lèvres :

—Nous devrions peut-être discuter en privé, lui dit-il en apercevant les visages curieux qui l'entouraient.

—Pourquoi n'êtes-vous pas à Charlesbourg Royal ? répéta Roberval.

Marguerite s'avança vers Cartier qui tendait les mains :

—Parce que nous rentrons en France. Il n'y a pas suffisamment de nourriture pour survivre un autre hiver. J'ai déjà perdu trop d'hommes à cause de la faim et de la maladie. Et à cause des Indiens, ajouta Cartier à voix basse en se penchant vers Roberval.

Les Indiens. Le ventre de Marguerite se crispa en entendant ce mot.

—Vous retournerez à Charlesbourg Royal avec nous, ordonna Roberval.

Cartier hocha la tête :

—Non. L'été est beaucoup trop avancé pour les semailles et les Indiens ne nous aideront pas. Ils nous tueront s'ils le peuvent. Nous devrions tous rentrer en France.

Les murmures cessèrent, les visages hâlés pâlirent, des doigts tremblants flattèrent les barbes mal taillées, puis s'attardèrent sur les traits émaciés et inquiets des futurs colons.

Marguerite constata que leur peur égalait la sienne.

Le pilote de Roberval, Jean Alphonse de Saintonge, s'avança. Il ouvrit la bouche, mais le regard venimeux de son supérieur empêcha ses mots de sortir. Les nobles réunis se balançaient d'un pied sur l'autre, les mains derrière le dos. Marguerite entendit le bêlement plaintif d'un agneau.

—Je vous ordonne de retourner à Charlesbourg Royal, s'exclama Roberval d'une voix tranchante et abrasive comme la glace.

—Vous êtes fou, murmura Cartier.

—Je vous en intime l'ordre, à titre de vice-roi de Nouvelle-France.

Cartier salua le pilote d'un signe de la tête, puis regagna son canot. Un de ses hommes rama jusqu'à son navire.

À l'aube, les bateaux de Cartier avaient déjà levé l'ancre,

évanouis dans l'obscurité et la brume grise.

Marguerite avait de plus en plus mal au cœur. Elle était terrifiée et s'inquiétait non seulement pour Michel et elle, mais aussi pour le sort de toute la colonie. Si même Jacques Cartier, ce grand explorateur, avait abandonné l'expédition, que pouvaient-ils espérer? Michel tenta de la rassurer.

—Roberval est un homme cruel, reconnut-il, mais j'imagine que le roi François a de bonnes raisons de l'avoir nommé vice-roi de Nouvelle-France. Ton oncle est un chef redoutable, mais il doit savoir ce qu'il fait.

—Savait-il ce qu'il faisait lorsqu'il m'a giflée? rétorqua Marguerite. Que connaît mon oncle sur la culture des céréales et l'élevage des moutons? Et sur les Indiens? Et qu'adviendra-t-il de nous deux, Michel?

Les amants s'efforcèrent d'échapper à la vue du vice-roi et d'éviter de le provoquer mais, dans sa rage contre Cartier, Roberval semblait les avoir oubliés. Contrairement à ce à quoi ils s'attendaient, Roberval ne les assigna pas à des vaisseaux distincts et ne parla plus de mariage à Marguerite. En fait, il lui adressait à peine la parole.

Marguerite s'imagina naïvement que son oncle révisait ses opinions, que son cœur s'adoucissait.

Demoiselle naïve, demoiselle bête.

—Oui, elle était naïve, vraiment naïve.

Roberval devint de plus en plus sévère. Il ne permettait plus qu'à quelques nobles de descendre à terre et il menaçait régulièrement d'exécuter les criminels. Il jura que le roi François lui-même pendrait Jacques Cartier dès son arrivée en France.

Marguerite ignorait comment le roi apprendrait que Cartier avait défié l'autorité du vice-roi, mais elle se rendit rapidement compte que l'explorateur présumait qu'ils mourraient tous: le sort de la colonie justifierait sa décision.

Finalement, après une escale de presque quatre semaines à Saint-Jean, les navires de Roberval appareillèrent pour Charlesbourg Royal.

J'entends un bruit sourd. Le bras levé, le franciscain bloque la lumière qui pénètre par l'embrasure de la porte. L'irritation domine ses paroles:

—Avez-vous oublié notre rencontre?

—J'ai à la fois tout oublié… et rien du tout.

—Ne faites pas l'ingénue.

Les larges bords de son chapeau ballottent au vent. Thevet l'enlève et essuie son front avec sa manche. Il pue la sueur et l'impatience.

—Allons tout de suite à la chapelle.

Il remet son chapeau, se retourne, puis part à grandes enjambées, supposant que j'accepte de le suivre.

Je regarde sa soutane disparaître au coin et je pense à nouveau à l'ordre donné par le roi François II. Je me lève et j'emboîte le pas à contrecœur.

Dehors, le ciel est d'un gris uniforme. Quelques gouttes de pluie lourdes frappent mon visage. Ce vent n'est rien. J'ai déjà marché dans des bourrasques si violentes que je n'arrivais pas à respirer, un vent qui projetait sur moi des billes de glace avec une telle force que mes joues rougies me faisaient mal durant des heures, un vent si froid que mes cils gelaient, collés ensemble par mes larmes.

Ce vent n'est rien, rien du tout. Le franciscain n'est rien.

Retenant son chapeau de la main, André Thevet regarde nerveusement d'un côté à l'autre. Il se sent mal à l'aise à Nontron où vivent de nombreux huguenots, malgré la chambre ardente du roi Henri et les mesures strictes de

Catherine de Médicis. Quelques passants, hommes et femmes, fixent le moine. Tous à Nontron savent ce qui l'amène ici et se demandent ce que je lui raconte, si je réponds aux questions qu'ils sont trop timides pour me poser eux-mêmes.

Une chienne famélique se glisse hors d'une ruelle. Elle suit Thevet en grondant et en claquant les crocs sur ses talons. Il la chasse de coups de pied, la bouche tordue par la peur.

Je reconnais l'animal : je la croise lors de mes promenades nocturnes. Comme moi, elle est affamée, mais inoffensive.

Thevet court s'abriter dans la chapelle. Il s'agenouille devant le crucifix en haletant et se signe. Il me lance un regard oblique en s'attendant à ce que je l'imite.

Un rire résonne doucement sur le mur de pierres derrière la croix : *Éternel, écoute ma requête... Ne me cache point ta face.* Je perçois l'appel des corbeaux : *Cark ! Cark ! Cark !*

Le franciscain n'entend rien et ne voit pas le fils sacrifié redresser la tête et faire un clin d'œil. Il n'aperçoit pas la langue rose poindre pour lécher le sang qui s'écoule des pieds cloués à la croix.

Thevet se relève et pénètre dans la petite pièce qui nous est assignée. Je prends ma place sur le banc de l'autre côté du bureau. Il allume successivement quatre chandelles dans l'amoncellement de charbon qui rougit dans l'âtre. La puanteur ambrée du suif emplit l'air.

Le franciscain s'assied sur sa chaise, lisse sa soutane et relit ses notes. Aujourd'hui, il se tient correctement et s'abstient de se caresser l'entrejambe.

—Où en étions-nous ? Ah oui ! dit-il avec un sourire visqueux. Nous sommes à ce point du récit où vous avez pris un amant, vous vous êtes dévergondée et livrée à des passions impudiques, à des abominations charnelles…

— Ils étaient mariés, Père.

Thevet se redresse, fier de son amitié avec le vice-roi de Nouvelle-France.

— Roberval n'avait jamais donné son autorisation. Il me l'a dit lui-même. Et en vertu de la loi française, un mariage contracté sans le consentement de votre tuteur est invalide. Alors non, Marguerite, vous n'étiez pas époux et vous avez conclu une union illégitime, poursuit le franciscain comme s'il faisait la leçon à une écolière.

Il ricane d'un ton incrédule en trempant sa plume brune dans l'encrier :

— Comment avez-vous cru que vous étiez libre de choisir ? Quand Roberval a-t-il décidé de vous punir ?

— C'était le milieu de l'été lorsqu'il les a fait débarquer.

Une journée au ciel d'azur et au vent vif, sept jours seulement après le départ de Saint-Jean. Roberval ordonna au pilote de diriger le *Vallentyne* dans une profonde crique au milieu d'un archipel. Sachant très bien qu'ils n'étaient pas encore parvenus à Charlesbourg Royal, les hommes grommelaient.

— Qu'est-il arrivé ?

Des cris stridents : *Roberval. Le comportement indécent. Roberval. La putain. Le terrible scandale.*

Je me couvre les oreilles de mes mains. Je ne peux répondre. Et je ne peux oublier.

Roberval ordonna le rassemblement de tous les passagers et annonça :

— Marguerite de la Roque de Roberval, avancez-vous. Voici le moment de vous punir en bonne et due forme pour le terrible scandale qui jette le déshonneur sur le nom de Roberval.

Visage d'albâtre froid, regard bleu glacial.

Désespérée, Marguerite cherchait Michel des yeux. Elle l'aperçut à l'écart, le teint aussi gris que le câble auquel il s'agrippait. Roberval poursuivit :

— Pensez-vous que nous n'avions pas remarqué votre comportement luxurieux ? Votre indécence effrontée et impudique ?

Quelques assassins et voleurs ricanèrent.

Marguerite s'avança lentement vers son oncle, craignant être flagellée, dénudée devant les prisonniers, le cuir mordant son dos.

Le sang rouge. La pénitence. L'humiliation.

Assise sur mes mains, je me balance sur le banc.

— Mettez vos mains sur la table et racontez-moi ce qui s'est passé.

Je croise mes bras autour de la taille et continue à me balancer.

— Toi, la putain, dit Roberval, tu seras débarquée sur l'île des Démons où des âmes égarées et perfides comme la tienne te tourmenteront. Et puisque Damienne a agi pour protéger ton indécence, elle t'accompagnera. Je n'entacherai pas mes propres mains avec votre sang. Je confie maintenant votre destin à Dieu.

Mains de Dieu. Éternel, ne me châtie point dans ta colère et ne me punis pas dans ton courroux. Mains de Dieu. Sauve-moi pour l'amour de ta bonté. La putain. Les mains de Dieu.

— Roberval a laissé quelques biscuits de marin, trois arquebuses…

Marguerite observa avec incrédulité le chargement d'un canot avec des provisions et ses quelques biens : sa malle, son Nouveau Testament, sa mante.

Les nobles ne levèrent pas le petit doigt. Ils se tenaient muets, le dos voûté, leurs mains douces et propres croisées devant leur braguette. Ils esquivaient son regard en baissant les yeux. Seul Jean Alphonse de Saintonge eut le courage de s'approcher de Roberval. Cette fois, le pilote ne voulut pas se laisser intimider par son regard malveillant.

Le visage rougi d'inquiétude, les mains tendues pointant Marguerite, de Saintonge secoua la tête. Les oreilles de la jeune femme bourdonnaient si fort qu'elle n'entendit aucune de ses paroles. Elle ne voyait que sa bouche articulant « Non, non, non ! »

Lorsqu'il constata que les arguments de Saintonge ne suffisaient pas à faire fléchir Roberval, Michel s'avança.

— Quelques outils, des voiles déchirées…

— Pourquoi votre amant a-t-il été descendu à terre avec vous ?

— Sa malle, une hache…

La voix de Thevet me fait tressaillir :

— Marguerite, regardez-moi ! Roberval avait l'intention de vous punir, vous seulement. Pourquoi le jeune homme a-t-il été débarqué avec vous ?

Je frotte ma blessure au poignet. J'y presse le pouce pour sentir le réconfort d'une douleur familière. Je me ressaisis :

— Son mari. Il était son mari. Il était une personne honorable. Lorsqu'il a insisté pour être abandonné sur l'île avec Marguerite et Damienne, Roberval est revenu sur sa décision.

Je fixe la flamme de la bougie et j'y vois des yeux de jade pailletés d'or, tristes et hagards. Des semaines plus tard, alors que Marguerite aurait préféré croire au courage et au sens de l'honneur de Michel, il lui avoua qu'il avait craint de se voir abandonné sur une autre île ou condamné par Roberval à la noyade ou à la pendaison.

— Son nom ? Comment s'appelait-il ?

—Il apporta sa propre arquebuse, son fusil et son cistre.

—Un cistre? Votre jeune homme était musicien?

—Oui.

Mais on n'entendit que le silence et les gémissements de Damienne dans le canot qui les transporta sur l'île. Aucune musique; que le bruit des rames plongeant doucement dans l'eau sombre et frottant la coque, les halètements des matelots, la friction du bateau contre le roc lorsqu'ils atteignirent la rive. Les marins déchargèrent rapidement les maigres provisions en évitant le regard de leurs passagers pour scruter les rochers et les collines arides, comme s'ils craignaient de voir surgir le Diable en chair et en os.

Marguerite et ses compagnons d'infortune ne dirent rien en observant le canot regagner le *Vallentyne*, rien non plus en voyant disparaître le navire au loin.

Ne croyant toujours pas à leur sort, Marguerite fit l'inventaire de la cargaison empilée sur la grève: des voiles déchirées; du cordage de chanvre; une hache, un maillet et un seau de clous; trois arquebuses, de la poudre et des balles; une ligne de pêche et des hameçons; une marmite en fer, deux paniers de biscuits de marin et un petit baril de bœuf salé. Elle se rendit compte que son oncle avait planifié son châtiment durant des jours, voire des semaines. Il avait froidement dressé sa liste et s'était préparé à lui faire payer sa désobéissance. Comment avait-elle pu imaginer que son cœur s'attendrissait? Les goélands se moquaient d'elle en poussant des cris stridents.

Comportement indécent. Scandale. Abandonnée. Punie.

Le douzième jour de juillet 1542: Roberval abandonna Marguerite, Michel et Damienne sur l'île des Démons.

Le douzième jour de juillet 1542: le roi François 1er déclara la guerre au Saint Empire romain germanique et perdit tout intérêt pour les aventures de Roberval en Nouvelle-France.

J'entends les corbeaux murmurer : *koum-koum-koum*.

—Son nom, Marguerite ? Comment s'appelait-il ?

Terrifiée, Marguerite tenta de trouver du réconfort auprès de Michel :

—Roberval ne pourrait pas vraiment t'abandonner, toi, sa cousine adorée, la raisonna-t-il. Quelques jours pour te manifester son indignation, une semaine tout au plus. Le vice-roi a baptisé cet endroit l'île des Démons seulement pour nous faire peur, ajouta-t-il en essayant de rire. Dans quelques jours, Roberval dépêchera un bateau, tu verras.

Il souriait encore à l'époque.

Marguerite ne le contredit pas, mais elle fit ses propres calculs. Deux paniers de pain dur, un tonneau de bœuf salé, des lignes à pêche et des hameçons, trois arquebuses, de la poudre et des balles : Roberval n'avait nullement l'intention de revenir les chercher bientôt.

—Son nom, Marguerite ? Comment s'appelait-il ?

—Le jeune homme bête.

—Jeune homme bête, répéta Thevet d'un ton lourd de sous-entendus. Très bien, alors. Vous m'obligez à informer le roi François de votre désobéissance.

Le moine pousse un long soupir de frustration et de colère, puis prend son couteau pour tailler ses plumes d'oie. Il croit m'accorder un répit pour méditer sur mon insoumission.

Je m'élève au-dessus de lui et j'observe le cercle de sa calvitie naissante au sommet de sa tête. Je lis la courte liste sur sa feuille : *Milieu de l'été, île des Démons, Damienne, arquebuse, biscuits de marin, cistre.* Je me vois me balancer, me tripoter les doigts, essayer d'emprisonner bien à l'abri entre mes paumes les souvenirs que je n'ose révéler au franciscain.

Si je ne tiens pas mes deux mains solidement fermées, elles pourraient saisir son cou et je ne parviendrais plus à desserrer mon emprise.

Un souvenir s'échappe par la minuscule ouverture ménagée par le relâchement de mon pouce.

Tandis que Marguerite et sa nounou se blottissaient l'une contre l'autre, Michel inspecta la rive. Il les rassura : il n'avait aperçu aucun signe de loups, de monstres ou d'Indiens. Aucune trace de démon. Il leur dit :

— J'ai trouvé un espace plat recouvert d'herbe au bout d'une crique. Il y a un ruisseau où coule de l'eau douce. Je pourrais monter des abris avec les voiles.

Tandis que Marguerite se penchait pour soulever un panier de biscuits, Michel se précipita et le lui prit des mains :

— Non, non. Ce n'est pas la tâche d'une dame. Je me charge de tout déplacer.

Tenant leurs jupes bien haut pour éviter que l'eau verte leur lèche les pieds, Marguerite et Damienne suivirent Michel qui transportait le panier de pain dur sur la courte distance jusqu'à l'anse. Les doigts tremblants de Damienne saisissaient le bras de Marguerite pendant qu'elles l'observaient faire la navette pour déplacer tous les paquets. Michel prit ensuite la hache et partit. Il revint en portant des mâts robustes qu'il avait taillés dans des arbres se trouvant dans une vallée étroite plus loin vers le centre de l'île. Il se servit de ces poteaux, du cordage de chanvre et des voiles déchirées pour construire deux abris rudimentaires. Lorsqu'il eut terminé, le ciel derrière eux s'était couvert de rose.

— Il y a beaucoup d'eau douce partout et j'ai vu des traces de lapins et de renards. Mais aucun signe de Sauvages. Nous serons bien.

Michel prépara un feu avec du bois flotté et des branches sèches. Ce soir-là, ils se nourrirent de pain dur et de bœuf salé.

Sous le ciel bleu cobalt et la lune en forme de faucille, ils se retirèrent dans leurs abris pour s'allonger sur des lits de fortune. Michel confia son sabre à Damienne et prit son arquebuse et sa dague.

Il chuchota à l'oreille de Marguerite pour la rassurer et tenter de la calmer, mais elle était trop effrayée pour trouver du réconfort dans ses caresses, trop agitée pour répondre à ses baisers.

Le battement rythmique des vagues sur les rochers finit par les apaiser et ils s'endormirent d'un sommeil agité, rapidement troublé par les cris sinistres qui dominaient le souffle doux du vent. Damienne se pressa dans l'abri de sa maîtresse. Michel arma un des mousquets et Marguerite, craignant les démons, saisit son Nouveau Testament pour prier. Empoignant le sabre, Damienne s'assit en gémissant pratiquement aussi fort que les cris qui l'effrayaient.

Au lever du jour, Damienne refusa de s'aventurer à l'extérieur. Malgré ses protestations et celles de Michel, Marguerite insista pour explorer l'île en compagnie de son amant afin de découvrir ses habitants, hostiles ou non. Après un déjeuner sommaire composé de pain dur et d'eau, ils partirent armés d'une arquebuse, d'un fusil et d'une dague.

À moins de vingt-cinq brasses des abris, ils trouvèrent une mare paisible sur laquelle glissaient sans bruit un couple d'oiseaux aux plumes lustrées noires et blanches. Quand l'un d'eux ouvrit son bec noir pointu en laissant échapper un piaillement démoniaque, ils se rendirent compte que ces bêtes étaient à l'origine des appels lancinants de la nuit. Michel et Marguerite rirent nerveusement et imaginèrent le soulagement de Damienne lorsqu'ils lui expliqueraient.

Michel chargea laborieusement son mousquet et visa un des oiseaux, mais les deux plongèrent et ni lui ni Marguerite ne les virent refaire surface.

— M'apprendras-tu à tirer? demanda Marguerite.

— Non, ce n'est pas convenable, répondit Michel en hochant la tête.

— Mais ce serait bien que nous le sachions tous les deux, au cas où il y aurait des animaux sauvages, des Indiens ou bien…

Michel observa l'horizon, soupira, puis lui tendit l'arme. La femme parvenait à peine à soulever le lourd mousquet. Il fallait treize étapes pour charger et tirer: verser et bourrer la poudre en tenant le batte-feu à la main pour allumer la mèche, et tout autant pour le fusil, plus petit. Ils ne prenaient pas encore la précaution de conserver les munitions.

J'entends l'explosion du long mousquet et je ressens son violent recul contre mon épaule. La secousse énorme me ramène dans mon corps, me précipite auprès du franciscain agité. Thevet, qui continue à tailler ses plumes, observe un silence anormal.

Après la leçon de tir, Michel et Marguerite retournèrent voir Damienne. Leur explication sur l'origine des cris effrayants de la nuit précédente ne la rassura pas et elle refusa de quitter l'abri.

Michel et Marguerite poursuivirent leur exploration. Près de la rive, ils trouvèrent des buissons d'épinettes et de sapins difformes qui penchaient dans le sens contraire de la mer, comme s'ils étaient chassés ou effrayés. De grands arbres poussaient dans les vallées, leurs troncs blottis l'un contre l'autre et leurs branches entrelacées comme s'ils s'embrassaient. Michel et Marguerite découvrirent des prairies herbeuses piquées çà et là de pâquerettes et de boutons d'or, et des tourbières à sphaigne parsemées de petits arbustes aux fleurs rose vif. La mousse vert tendre exhalait un parfum que Marguerite trouva étrange, mais agréable, un arôme à la fois frais et musqué.

Une perdrix les surprit en s'échappant des buissons touffus qui poussaient le long d'une tourbière, mais disparut avant que Michel n'ait eu le temps de soulever son arme.

Michel et Marguerite gravirent les dômes de granit élevés au centre de l'île pour observer leur domaine. De ce point de vue, l'île semblait composée d'un seul rocher, comme le dos voûté d'une vieille tortue parcouru d'arêtes grises et rouges. Des mares sombres et des tourbières nichaient dans les dépressions et de petits arbres se dressaient par groupes dans les vallées. Ils comptèrent au moins une douzaine d'îles rocheuses et une multitude d'îlots, certains guère plus grands qu'un affleurement d'étocs dans l'eau scintillante.

Michel fit un cercle complet, puis lissa sa barbe foncée :

—Je crois que nous sommes sur l'île la plus vaste. Elle mesure peut-être deux milles de longueur et autant en largeur, mais c'est difficile à dire.

Il éleva ses deux bras à l'horizontale, puis leva sa main au-dessus de ses yeux et s'orienta à l'aide du soleil :

—Toutes les îles se situent au sud et à l'est.

Ils se tournèrent vers le nord-ouest. À deux ou trois milles de distance, ils distinguèrent une vaste masse terrestre. Une autre île ? La Nouvelle-France ? Ils l'ignoraient.

Toutefois, peu importait vers quelle direction ils portaient leur regard, ils n'aperçurent aucune voilure blanche.

À leur grand soulagement, Marguerite et Michel ne trouvèrent nulle trace de démons ou d'Indiens au cours de leur reconnaissance et Michel essaya de ne pas s'inquiéter de la rareté des pistes d'animaux, hormis quelques empreintes de lapins et de renards.

Plus tard ce jour-là, Michel appâta un hameçon avec un minuscule morceau de bœuf et le fixa au bout de la ligne de pêche. Sa prise fut décevante : deux poissons plats qu'ils firent rôtir sur le feu avec quelques buccins que Marguerite avait cueillis dans les flaques laissées par le retrait de la marée.

À la tombée du jour, Michel installa des pièges le long des pistes qu'il avait aperçues et, à l'aube, deux lapins pendaient des collets en cuir. Après avoir remonté ses cheveux dans sa résille perlée et s'être confectionné un bonnet pour se protéger du soleil, Marguerite s'alloua quelques secondes de pitié en voyant leurs grands yeux ambre.

Michel écorcha les bêtes en glissant sa dague le long de leur ventre fauve et jeta leurs entrailles aux goélands qui piaillaient. Ils grillèrent les corps fuselés et mangèrent avec les doigts. Persuadé qu'ils ne resteraient sur l'île que quelques jours tout au plus, Michel ne prit pas la précaution de conserver la fourrure ou les os.

Folie. Stupidité. Jusqu'à quand, Éternel? Jusqu'à quand?

Le grattement de la lame du franciscain contre la pointe de sa plume ponctue les mots et les ricanements dans ma tête. Le moine ne relève pas la tête. Il m'accorde plus de temps pour méditer sur les péchés de Marguerite… et les miens.

Marguerite priait tous les matins et tous les soirs. Elle priait pour leur sauvetage. Elle chantait les psaumes qu'elle avait appris enfant.

Sa douce voix résonne en moi : *Je t'aimerai, ô Éternel qui est ma force. L'Éternel est mon rocher et ma forteresse et mon libérateur. Dieu m'accorde son secours et en lui je me confierai.*

D'autres voix s'unissent dans un chœur de moqueries : *Ma force. Mon libérateur. Kek-kek-kek. Koum-koum-koum.* Je marmonne :

—Ma force.

Thevet relève la tête en plissant son vaste front porcin. Je fixe mes mains jointes.

Jusqu'à quand, Éternel ? Jusqu'à quand ? Sauvés par notre grâce, non celle de Dieu.

Au cours des jours suivants, Damienne, qui refusait de s'aventurer à plus de cent pas des abris, se mit à maugréer et à se lamenter sans cesse :

—Il n'y a presque plus de viande salée et nous n'avons que du lapin insipide, de la perdrix filandreuse, du poisson et du pain sec. Pas de vin, pas de fromage, aucune noix. Et les rares baies que j'ai trouvées sont coriaces et amères. Et probablement vénéneuses.

Elle se plaignait de la dureté de sa couche et des insectes qui s'abattaient sur eux dès que le vent se calmait. Leur bourdonnement monocorde et leurs piqûres cinglantes les forçaient à se réfugier, les mains et le visage recouverts de zébrures sanguinolentes, dans la chaleur suffocante de leurs abris de toile.

Damienne haletait et tremblait dès qu'elle entendait le moindre bruit. Même si la nuit n'était troublée que par les cris chevrotants des oiseaux noirs et blancs, la plainte du vent et le battement rythmé des vagues, la servante évoquait souvent sa peur des animaux sauvages, des monstres, des démons et des Indiens.

Agacée par les paroles de Damienne qui lui rappelaient les craintes qu'elle s'efforçait de chasser, Marguerite tentait de rassurer sa bonne :

—Pourtant, Michel et moi avons parcouru l'île dans tous

les sens et nous n'avons vu aucune trace de démons ni de Sauvages.

Marguerite voulait croire ce qu'avait dit son amant : son oncle avait baptisé cet endroit l'île des Démons seulement pour les effrayer et il ne laisserait pas périr sa cousine adorée.

Persuadés du retour imminent de Roberval, Marguerite et Michel se mirent à considérer leur abandon comme une grande aventure. Ils s'imaginaient comme Adam et Ève dans le jardin d'Éden sous le ciel cristallin, foulant les herbes dorées et les pâquerettes ployant sous la brise. Michel jouait du cistre en plein air et les notes légères de ses chansons d'amour se mêlaient aux sifflements des oiseaux gris et blancs et au murmure du vent dans les arbres.

Et ils s'aimèrent. Marguerite et Michel s'aimèrent sous leur abri de toile et sur la douce mousse sèche. Ils s'aimèrent dans les larges clairières où le vent asséchait leurs corps moites de sueur. Il n'y avait que Damienne pour les voir ou les entendre, et ils s'aimèrent ouvertement et sauvagement, s'imaginant parfois être des bêtes.

Ils étaient insatiables l'un de l'autre. Ils ne pouvaient s'aimer assez. Michel parcourait de sa langue toutes les régions du corps de Marguerite et elle, elle le goûtait : sel et petits fruits. Elle aspirait le parfum herbeux de sa peau mêlé aux odeurs sucrées de la mousse et à l'arôme pénétrant du sapin.

À travers la pluie qui martèle la fenêtre, j'entends le battement sur la toile. Je sens le ventre lisse de Michel contre son dos à elle, ses doigts qui jouent avec ses mamelons avides d'un coup de langue, son membre rigide contre elle. Des mains puissantes saisissent ses hanches pour les attirer vers lui. Son dos s'arque en le sentant la pénétrer par-derrière. Plus tard, debout, sa peau douce s'érafle au contact de la rude paroi rocheuse, mais elle s'en moque. Elle a harnaché ses jambes autour de la taille de son amant, elle sent sa bouche contre son cou pendant qu'il plonge en elle pour combler sa faim.

Je ferme les yeux et je la revois assise à califourchon, les seins nus sous l'œil lascif du soleil, respirant par à-coups, criant vers les nuages de taffetas au-dessus d'elle. Je bats des paupières et les ouvre.

Le franciscain me fixe, le visage tendu, les mains vis-à-vis de son sexe. Il prend une plume et la trempe dans l'encre noire :

—Et c'est à ce moment que votre jeune homme a bâti l'abri de toile ?

—Il en a construit deux. Mais le vent était le serpent.

—Le serpent ?

—Le serpent du jardin.

Thevet hausse un de ses sourcils touffus :

—Et vous, sans doute, vous étiez la tentatrice.

Il fait le tour du bureau pour se tenir devant moi, trop près. Je peux sentir l'odeur de vieille laine de sa soutane, de sa peau aigre.

Il pose la main sur mon épaule et me dit :

—Pendant combien de temps votre amant et vous avez vécu dans les abris de toile ?

Ses doigts chauds caressent mon cou, mais je chasse sa main.

Il recule d'un pas. Ses yeux bulbeux passent lentement au-dessus de mes seins, puis il approuve d'un hochement de tête :

—Oui, la tentatrice. Ève dans le jardin d'Éden.

Thevet regagne son siège derrière le bureau et dépose ses mains fermées sur ses feuilles :

—Durant combien de temps votre amant et vous avez vécu dans les abris de toile?

J'entends hurler le vent intraitable qui fait des ravages.

—Durant deux semaines, jusqu'à ce que les vents se mettent à souffler trop fort.

La toile ne résista pas à de telles bourrasques, des vents si violents que Marguerite pouvait à peine marcher face à eux. C'est à ce moment qu'elle sut pourquoi les petits cèdres tordus du rivage s'éloignaient de la mer.

—Qu'avez-vous fait alors?

—Son mari avait découvert une grotte. Ils s'y sont réfugiés.

—Il n'était pas votre mari, Marguerite. Votre union était libidineuse et illégitime.

La chatte est suspendue dans le nœud coulant et agite ses pattes. Je m'avance pour lui tordre le cou, comme si elle était un lapin. Je lis alors la terreur et la rage dans son regard. Des yeux verts comme ceux de Michel mais, contrairement à lui, elle se débat pour vivre. Elle s'agrippe et me griffe. Je ne peux pas la tuer.

Je saisis le couteau et glisse la pointe sous la lanière de cuir. Le nœud se défait et la chatte s'enfuit. Je jette les débris de cuir dans la rue en bas. Je dépose le morceau de fromage que je me réservais pour le souper. Je m'en passerai.

Les griffures me brûlent la main.

Les fillettes s'exercent à l'écriture. Grattement de craie sur l'ardoise, comme le grincement de la pierre sur la pierre, pâles traits sur la paroi noire de suie pour tenir le compte des jours.

Jusqu'à quand, Éternel? Jusqu'à quand? En effet, mes jours se sont évanouis en fumée.

La nuit dernière, j'ai rêvé de la grotte, de l'ours blanc. J'entendais le *hoff-hoff-hoff* et je sentais la puanteur de la carcasse de loup-marin en décomposition. J'étais accroupie sous un surplomb. J'étais terrifiée, même si l'entrée était trop étroite pour la bête. Une patte hirsute s'est glissée. J'ai pris un tison du feu et j'ai appliqué la flamme jaune sur la fourrure blanche. Le hurlement de rage m'a réveillée. L'odeur de la toison roussie flottait toujours.

—Qu'est-ce qu'elles ont, vos mains? me demande Isabelle.

Je ferme les poings pour cacher les égratignures.

—Des lapins, pour souper.

Elle penche la tête un moment, puis chasse sa curiosité d'un haussement de ses frêles épaules. Quelque chose d'autre que l'état de mes mains intrigue beaucoup plus la fillette:

—Croyez-vous que Dieu s'intéresse à ce que nous mangeons? Papa me dit que certains jours, nous devons manger seulement du poisson. Il dit que c'est ce que Dieu veut.

Elle plisse le nez:

—Mais je n'aime pas le poisson.

Le poisson auquel je pense est cru, brûlé, à demi pourri, visqueux, puant. Marguerite dévorait jusqu'au moindre morceau. Elle suçait les arêtes et mangeait la tête, la peau, la queue, les nageoires. Elle évitait de mastiquer pour maîtriser ses haut-le-cœur, mais jamais elle ne se demandait si elle aimait le poisson ou non.

Je réprime mon envie de dire à Isabelle que Dieu s'en moque si nous mangeons ou si nous mourons de faim:

—Tu dois obéir à ton papa. Ce n'est pas à nous de comprendre ce que Dieu exige de nous.

—Papa dit qu'il nous met à l'épreuve parfois.

Je serre les dents pour retenir ce que monsieur Lafrenière considérerait certainement comme blasphématoire : quel père imposerait des difficultés à ses enfants les plus aimants et les plus obéissants pour condamner ensuite ceux qui échouent ?

Marguerite croyait que Dieu mettait à l'épreuve les justes. Après plusieurs semaines sur l'île, elle conclut qu'elle subissait ce sort, comme Job. J'entends à nouveau ses prières : *Sois pour moi un Dieu, un rocher protecteur et une forteresse… Ils avaient faim et soif… Alors, ils crièrent à l'Éternel dans leur détresse, et il les délivra de leurs angoisses.*

Et lorsqu'elle était encore plus effrayée et désespérée, elle implorait : *Aie pitié de moi, Éternel, car je suis sans force… Reviens, Éternel, délivre mon âme. Délivre-moi pour l'amour de ta miséricorde.*

Mais il ne les délivra pas de leur détresse. Il ne les sauva pas. Et si Dieu mettait Marguerite à l'épreuve, s'il jugeait que sa foi vacillait, alors Dieu est fou.

Isabelle se penche vers moi et ses lèvres parfaites chuchotent :

—Mais si Dieu nous aime autant que le dit papa, pourquoi est-il aussi méchant ? Pourquoi nous oblige-t-il à manger du poisson ?

Elle inspire, puis continue en tremblant :

—Et pourquoi a-t-il laissé mourir maman ?

Isabelle retourne à son banc et prend son ardoise.

Une fois installée dans la grotte, Marguerite ne se sentit plus comme Ève dans le jardin d'Éden. Elle pensait davantage à Job et à l'épreuve de la foi. Elle choisit une pierre acérée et traça des traits sur les parois de granit rouge qui n'avaient pas encore été noircies par la suie.

Il ne faut pas oublier le dimanche ni les fêtes des saints.

Elle lisait le Nouveau Testament tous les jours. Et elle priait. Marguerite implorait Dieu d'envoyer un bateau, n'importe lequel. Et chaque matin, sans faute, Michel allumait un feu sur la plage et ajoutait des branches vertes pour que la fumée grise s'élève en ondulant vers le ciel.

Aucun navire n'apparut. Que le vent.

Le vent et la pluie frappent contre la fenêtre. Le franciscain se verse du vin. Le liquide, rouge et foncé, a la transparence du rubis à la lumière des bougies. Je fixe une petite flamme et je pense aux lèvres roses d'Isabelle, à sa peau douce comme la soie. J'entends les geignements d'un nourrisson qui se fondent dans la plainte et le battement du vent et de la pluie.

Il n'y avait plus de fromage ce matin. J'ai déposé un petit os de lapin, avec un bout de chair.

Thevet remue une feuille:

— Où était la grotte?

— Vers le centre de l'île.

— De quelles dimensions était-elle?

— Longue de deux corps et presque aussi large.

Elle était à peine assez grande pour permettre aux trois de s'allonger en même temps. Marguerite conservait sa malle dans une deuxième pièce à l'arrière dont le sol était légèrement incliné.

— Il y avait un petit endroit juste assez haut pour qu'on se tienne debout, mais ils y faisaient le feu pour permettre à la fumée de s'échapper.

Le franciscain note mes paroles. Je ne prends pas la peine de lui expliquer que Michel avait utilisé les pieux provenant des abris et les précieux clous qu'ils avaient pour bloquer une des entrées et rétrécir la seconde afin d'empêcher le vent et le froid de pénétrer.

—Que mangiez-vous?

—Du lapin, de la perdrix, du poisson, des moules, des baies, des goélands.

Michel avait confectionné un petit filet avec de la ficelle. Il appâtait avec des restes, puis faisait le guet. Il devait lancer son filet une dizaine de fois avant de réussir à attraper un oiseau. Les goélands se méfiaient de plus en plus et manifestaient leur peur et leur rage à grands cris. Il fallut ensuite cinquante lancers pour en attraper un seul.

—Du loup-marin?

Je hoche la tête. Michel tirait sur les phoques gris qui se chauffaient sur les rochers mais, même lorsqu'il visait juste, les bêtes glissaient sur la surface lisse et coulaient avant qu'il parvienne à les retenir. Plus tard, beaucoup plus tard, Marguerite et Damienne mangeaient toutes les carcasses en décomposition qui échouaient sur la grève.

Le moine s'assoit et joint les mains du bout des doigts. Sa posture de choix pour les sermons:

—Oui, je l'ai appris lors de mes propres voyages à Terra Neuve…

Je le corrige:

—Nova, Terra Nova ou Terre-Neuve.

Thevet inspire avec bruit, insulté d'avoir été interrompu et corrigé.

—Comme je le disais, ce pays est peuplé de barbares vêtus de peau d'animaux sauvages, intraitables, peu aimables et difficiles d'approche, à moins d'user de force. Tous ceux qui vont y pêcher la morue vous le diront. Ils se nourrissent presque exclusivement de poisson, surtout le loup-marin dont ils jugent la chair très bonne et délicate. Du moins, c'est ce que m'a rapporté Cartier.

Je sens l'odeur de suif et je pense à un phoque coincé entre les rochers à l'odeur rance, à la pourriture, à la viande déjà gluante. Marguerite devait éloigner les corbeaux et les goélands.

Le moine parle et parle, sans entendre que le rythme de ses paroles est à contretemps du tambourinement de la pluie :

—Ils fabriquent une huile à partir du gras de ce poisson. Une fois fondu, il a une couleur rougeâtre.

Le moine soulève sa coupe et en prend pompeusement une gorgée :

—Ils boivent ce liquide avec leur repas comme s'il s'agissait d'eau ou de vin. Et ils confectionnent des manteaux et des vêtements avec la peau.

Il met fin à sa leçon, puis m'examine en plissant le front :

—Mais vous, vous avez habité là-bas durant plus de deux ans, et presque une année seule. Comment avez-vous survécu ?

De minces traits sur les parois couvertes de suie : huit cent trente-deux. Le frottement de la pierre sur la pierre. Je les entends : *Jusqu'à quand, Seigneur, jusqu'à quand ? Car mes jours se sont évanouis en fumée, et mes os sont desséchés comme du bois pour le feu.*

—Elle mangeait aussi des racines, des algues, l'écorce des arbres.

—Comment pouviez-vous subsister ?

Le goût salé des herbes amères me monte à la bouche. Et celui du sang. Les morceaux d'écorce coupaient la langue.

—Elle n'y est pas parvenue.

Les voix se mêlent harmonieusement au vent et à la pluie. *Péché infâme. Impardonnable. Kek-kek-kek. Sauvés par notre grâce, non celle de Dieu.*

Ses yeux se réduisent à des fentes, comme ceux d'un serpent qui feint de dormir :

—Expliquez-moi.

—Marguerite est morte. Moi, j'ai survécu.

—Je ne comprends pas.

—Bien sûr que non.

Le moine agrippe la croix en or qui repose contre sa poitrine. Il finit par ouvrir la bouche et me dit d'une voix étranglée, comme si je lui serrais le cou :

—Vous avez dit vous-même que l'île est pleine de démons, et Roberval le savait. Satan vous a-t-il séduite ? Vous a-t-il accordé la vie en échange de votre âme ?

Thevet tend sa croix devant lui comme s'il s'agissait d'un bouclier. Il élève la voix en m'accusant :

—C'est comme cela que vous avez survécu ? En usant de sorcellerie ? Est-ce le moyen que vous avez employé pour vous venger de votre oncle ?

Je touche la lame de la dague et je m'imagine lui lacérer le visage en observant le sang couler sur son menton avant de tomber sur ses feuilles.

—Le Christ a délivré Marie-Madeleine de sept démons. Combien en avez-vous, Marguerite, combien ?

Si mes lèvres n'étaient pas de pierre, je sourirais :

—Père, si j'avais ces pouvoirs, serais-je assise ici devant vous ?

Il se recroqueville dans son fauteuil :

—Le Démon agit de façon bien mystérieuse.

—Je croyais que c'était Dieu.

Je suis assise au milieu de l'étreinte accueillante des arbres, leur tronc et leurs branches tels des fils d'argent glissés dans le satin noir de la nuit. Des gouttes tombent des jeunes feuilles. Je serre dans ma main des tessons de poterie, des morceaux d'argile ornés de motifs de myosotis bleu pâle. Je les ai trouvés dans une pile d'immondices. J'ai dû en chasser le cochon qui fouillait à la recherche de pelures de navet et de chou pourri.

Marguerite aurait utilisé les tessons comme pièces d'échecs. Désœuvrée, elle alignait méticuleusement de petits cailloux sur l'échiquier qu'elle avait dessiné sur la grande pierre plate à côté de la grotte. Elle a trouvé des pierres de couleurs et de formes particulières qu'elle transformait en rois, en reines, en chevaliers, en fous, en tours et en pions. Michel la taquinait. Il la traitait d'idiote en lui souriant et pendant le long crépuscule qui s'étirait entre leur maigre repas du soir et la tombée de la nuit, il lui permettait de lui enseigner à jouer.

Un gros bol d'argile. Qui est assez négligent pour le casser ? Marguerite aurait échangé sa bague en perle pour un tel ustensile. Elle aurait même échangé son bijou pour les tessons.

Soie rose. Une plume d'ébène, une bague en perle. L'odeur de la mousse.

Je lève le nez et j'inspire. Je me trouve à quatre-vingts milles de la mer, mais je sens l'air salin, je perçois le bruit des vagues rouant les récifs de coups. Usure implacable. Et puis, j'entends le cistre, la simple mélodie d'une élégante pavane qui peine à se faire entendre malgré le morne mugissement du vent. Marguerite dansait autour du feu pendant que Michel jouait, avec des mouvements lents et gracieux, le vent gonflait ses jupons, ses boucles châtaines épaisses flottaient librement au vent. Elle ne portait plus sa résille et se contentait de retenir ses cheveux à l'aide d'un ruban de satin. Elle laissait retomber sa chevelure pendant qu'elle dansait sous le regard admiratif et lourd de désir de Michel.

Après de longues semaines sans apercevoir aucun navire à l'horizon, Michel délaissa son instrument. Il ne souriait plus avec indulgence et se mit à réprimander Marguerite lorsqu'elle le priait de jouer. Il donnait des coups de pied sur son échiquier et broyait ses pièces sous sa botte. Il ne s'inquiétait plus de la voir travailler autant et ne se demandait plus si ses tâches convenaient à une dame. Il se mit à se moquer d'elle lorsqu'elle priait.

J'étire mes jambes et je me frotte les bras pour me réchauffer. Il n'y avait pas assez de place dans la petite grotte pour qu'ils puissent s'allonger tous les trois. Damienne étant toute proche, Michel et Marguerite faisaient preuve de retenue et limitaient leurs actes d'amour aux bois et aux prés. Et même lorsqu'ils étaient seuls, Michel était préoccupé. Son moral autrefois plein d'entrain le minait, les humeurs de la mélancolie et de la rage grandissaient en lui. Marguerite essayait de batifoler et de le taquiner, elle délaçait sa chemise et lui caressait la poitrine. Elle glissait ses doigts dans sa barbe, triangle bien taillé devenu amas de poils emmêlés. Michel enlevait ses mains et fixait la mer, agité.

—Il est trop tard maintenant, disait-il. Roberval est parti à Charlesbourg Royal. Il ne peut envoyer de navire avant le printemps. Comment allons-nous survivre jusque-là?

C'était maintenant Marguerite qui le rassurait:

—Le vice-roi est en colère et il voulait me punir, reconnut-elle. Mais il est mon protecteur. Je suis sa pupille, sa cousine bien-aimée. Il viendra, tu verras. Et puis, ajouta-t-elle, enthousiaste, au moins il n'y a ni démons ni Indiens.

Elle prenait son visage dans ses mains, mais les laissait retomber en voyant la fureur ardente dans son regard.

Marguerite crut toujours que Roberval viendrait la secourir, mais plus les semaines passaient sans que vienne un navire, plus elle se mit à craindre pour sa vie, croyant que les navires avaient fait naufrage en emportant son tuteur.

Jamais elle n'aurait imaginé la cruauté de son cœur. Jamais elle n'aurait imaginé qu'il voulait sa mort.

Le bâtard meurtrier.

— Oui, ai-je répondu, un bâtard meurtrier.

— Vous ne pouvez rien faire, m'avait dit la reine de Navarre. Roberval est vice-roi, il représente la loi en Nouvelle-France. Vous devez confier à Dieu le soin de le punir.

Confiez à Dieu. Koum-koum-koum.

Si j'avais eu les pouvoirs d'une sorcière, je l'aurais tué dès que l'occasion se serait présentée.

Il faut acquitter ses dettes.

Je hoche la tête. Oui, il faut acquitter ses dettes.

Mon âme noire aurait voyagé la nuit, pendant que mon corps dormait, jusqu'à l'église des Saints-Innocents à Paris. J'aurais utilisé la dague de Michel pour lui trancher la gorge. Je caresse du doigt le bord acéré du tesson de poterie et j'imagine des myosotis bleus flottant dans un bain écarlate.

Si je n'ai pas commis cet acte, comment se fait-il que j'arrive à voir la scène aussi distinctement? Le regard bleu glacial de Roberval rempli de terreur, une grimace lacérée d'une oreille à l'autre, le sang qui coule entre mes doigts. Pourquoi les odeurs de sel et de sang parcourent-elles mes rêves?

Aube laineuse gris cendre. Je m'éveille recroquevillée, le dos appuyé contre un arbre, ma houppelande enveloppant mes épaules et mes genoux. Les tessons que je tenais dans la main sont tombés au sol. Je me lève avec difficulté, les jambes engourdies. Je me mets à enlever les graines qui sont accrochées à l'ourlet de ma cape, puis je décide plutôt de les rapporter à Nontron pour les semer dans les jardins. Des choses sauvages et indisciplinées peuvent-elles vivre dans des lieux aussi domptés, dans la sécurité de murets de pierres ? Je laisse tomber l'ourlet de ma cape, je ramasse les tessons et je m'enveloppe dans l'étoffe de laine rêche.

Laine. Accroupie dans la grotte, Marguerite ouvrit sa malle et admira le satin velouté et la soie rose. Elle voulait palper les riches tissus et sentir la douceur de la soie et du satin contre ses joues, mais elle n'osait plus les toucher avec ses mains crevassées et ses ongles abîmés. Elle regardait ses tenues coûteuses, mais souhaitait avoir de la laine, de quelque teinte, un rouet et un métier à tisser pour confectionner des capes chaudes et des hauts-de-chausse résistants. Sa chemise légère et ses robes de coton étaient en loques, ses manchettes de lin blanches étaient crasseuses et râpées. Elle avait délaissé son corset empesé quelques jours seulement après son arrivée sur l'île. Le porter lui a rapidement semblé une idée stupide, surtout que Damienne ou Michel devait le lacer très serré tous les matins et l'aider à l'enlever le soir.

Marguerite écarta soigneusement la soie et le satin, puis fouilla dans la malle à la recherche d'un objet utile. Elle était heureuse de ne pas avoir de miroir pour refléter son visage tanné et ses lèvres gercées, rassurée de ne pas voir dans ses propres yeux le désespoir qui hantait le regard de Michel et Damienne.

La grotte était silencieuse, à l'exception du froissement des étoffes. Même lors des longues nuits où ils se blottissaient dans leur abri, ils n'entendaient que le crépitement et le sifflement du feu, le choc sourd du bois, le craquement des jointures de Damienne. Michel ne jouait plus du cistre. L'instrument était adossé à une saillie de pierres comme un enfant en pénitence.

Dès le jour où ils ont été abandonnés, ils évitèrent de parler de leurs espoirs et de leurs projets en Nouvelle-France, mais ils s'échangeaient des chansons, des ballades et des histoires amusantes sur les amis et leur enfance. Damienne avait discouru sans fin sur les mérites de son défunt époux, depuis longtemps décédé et, dans un moment d'intimité avec Marguerite, elle avait évoqué son fils mort-né. Ils discutaient à l'occasion de religion et de politique, et s'interrogeaient sur la vie à la cour. Mais maintenant, ils ne parlaient plus du tout, comme si le confinement les avait rendus trop familiers les uns avec les autres. Ils se contentaient de grogner et de pointer, ne marmonnant qu'à eux-mêmes.

Marguerite, elle, continuait de parler à Dieu : Je t'aimerai, ô Éternel, ma force… Aie pitié de moi, ô Éternel, car je suis sans aucune force… Sauve-moi par ta grâce.

Ils empestaient la sueur, la crasse, le sang. À quoi bon tremper les cols et les manchettes de lin blanc dans l'eau et les frotter contre les roches alors qu'ils n'avaient pas de savon ? À quoi bon laver quoi que ce soit, même les mains et le visage ?

Ils commençaient aussi à exhaler l'odeur infecte de la peur. La grotte emprisonnait leur puanteur comme si elle méritait d'être humée longuement.

Durant de longues nuits, Marguerite affamée ne pensait qu'à la nourriture : du pain, du fromage, du cochon rôti, des pommes, des pralines, du vin. Elle se souvenait avec incrédulité de certaines soirées où elle avait tant mangé qu'elle s'éloignait de la table pour offrir aux chiens du roi des morceaux de porc dégoulinant de gras.

Marguerite saisit une boîte en ivoire dans un coin de la

malle et glissa le couvercle. Des aiguilles. Pourrait-elle fabriquer des vêtements à partir de peaux de lapin? Ils avaient commencé à les conserver, même si elle craignait de savoir ce que cela signifiait. Étaient-ils réconciliés? Elle hocha la tête pour chasser cette pensée. Elle ne voulait pas penser à l'avenir, ne voulait pas s'imaginer passer un hiver sur l'île. On n'était qu'au début de septembre. Son oncle arriverait bientôt.

Dans un coin de la malle, ses doigts trouvèrent une pile de chiffons d'étamine propres. Quand s'en était-elle servie la dernière fois? Elle s'accroupit pour compter les traits blancs sur la paroi noircie: ils se trouvaient sur l'île depuis cinquante-deux jours et elle n'en avait pas eu besoin depuis plusieurs semaines avant cela.

Marguerite posa ses mains sur son ventre plat. Non, c'était impossible.

J'entends les vagissements d'un bébé. Je me précipite vers les cris. Mais ils proviennent de derrière moi maintenant. Je fais demi-tour et cours dans l'autre direction. Les gémissements se muent en cris. Ils proviennent du sommet des arbres. Puis, il n'y a plus que le silence et le bruit de ma propre respiration. J'inspire profondément. Je m'effondre sur le sol froid en attendant que mon souffle se calme.

Si le bébé avait été le mien, je pleurerais. Mais c'était celui de Marguerite.

Je grignote du fromage et du pain si dur et si sec qu'il me fait mal aux dents. Lorsque je suis rentrée dans ma chambre, j'étais étrangement heureuse de voir que l'os et le petit morceau de viande avaient disparu. J'ai décidé sur un coup de tête de gaspiller avec extravagance. Cette décision m'a fait trembler comme une jeune fille exaltée. J'ai déposé un petit morceau de fromage sur le bord de la fenêtre. J'ai saupoudré tout autour de la cendre fine qui glissait entre mes doigts comme de la soie grise. Je veux m'assurer que c'est bien la chatte jaune, et non les rats, qui profite de mes oboles de nourriture. Me craint-elle toujours?

La peur, sous toutes ses formes : inquiétude, terreur, désespoir. Ces humeurs qui remplissent les entrailles au point où il ne reste plus de place pour rien d'autre. Michel succomba rapidement à la mélancolie, à la rage et à l'humeur de la peur, noire comme la suie.

Le soir où Marguerite fit l'annonce à Michel, ils avaient partagé avec Damienne un goéland grillé à la chair coriace et filandreuse et au goût de poisson. Ils avaient aussi mangé quelques moules et des buccins que Marguerite avait amassés dans sa jupe relevée. L'eau gelée lui cinglait les pieds et les chevilles, et ses mains étaient douloureuses. Damienne s'était retirée dans la grotte pour donner aux amants un peu d'intimité près du feu sur le bord de l'eau, mais ils n'échangèrent ni caresses ni mots tendres.

Marguerite affermit sa voix pour tenter de maquiller ses propres craintes.

—J'ai compté du mieux que j'ai pu, a-t-elle expliqué. Début avril.

Michel pencha la tête et murmura aux os et aux coquillages qui gisaient à ses pieds :

—Aucun de nous ne vivra jusqu'au printemps.

—Non, tu verras. Une caravelle viendra. Je donnerai naissance à notre enfant à Charlesbourg Royal en présence des autres colons, de femmes qui connaissent ces choses.

Michel tira sur sa barbe emmêlée et jappa un ricanement cruel. Il leva les yeux vers Marguerite :

—Peut-être auras-tu la chance de perdre l'enfant… tôt.

Marguerite inspira profondément et se détourna, mais trop tard. Elle avait déjà perçu que le désespoir avait éteint l'amour de Michel pour elle, ne laissant derrière qu'une traînée évanescente de fumée grise et de cendre noire.

Elle se tourna vers la vaste étendue de mer impitoyable et chercha du regard au milieu des vagues froides un psaume pour la réconforter. Elle récita les mots presque silencieusement pour éviter que Michel l'entende et se moque d'elle :

—Éternel, écoute ma requête et que mon cri vienne jusqu'à toi... Ne me cache point ta face. Au jour de ma détresse, incline vers moi ton oreille... En effet, mes jours se sont évanouis comme la fumée, et mes os sont desséchés comme du bois pour le feu.

Ne me cache point ta face. Évanouis comme la fumée. Desséchés comme du bois.

Je grelotte et décide de me faire un feu. C'est le repos dominical et je n'ai pas à descendre pour faire la classe. Je n'ai pas non plus à rencontrer le franciscain. À la tombée de la nuit, j'irai me promener dans les bois et les champs près de Nontron, mais je me tiendrai loin de la rivière. Je ne veux pas entendre le bruit de l'eau. Jamais plus. Je guetterai plutôt le battement d'ailes noires, les croassements rauques et les *koum-koum-koum* plus doux qui m'indiquent qu'ils sont là, qu'ils veillent.

Isabelle souffle de petites bulles à travers ses lèvres pincées. Elle plisse les yeux en tentant d'enfiler un brin de laine dans le chas d'une aiguille émoussée. Frustrée, elle dépose l'aiguille à côté du bas qu'elle est en train de ravauder. Son ouvrage est plein de bosses, de nœuds et de fils emmêlés, et la petite a le bout des doigts rouges.

Elle glisse de son banc et se dirige vers moi. Elle saisit un pan de ma jupe et tire dessus :

— Madame de Roberval, pourquoi on ne *sante* jamais ? J'aimerais *santer*.

Je pense à la douce voix de Marguerite, tantôt faible, tantôt forte, quand elle priait et récitait des psaumes. À Michel qui chantait des ballades romantiques, des chansons d'amour.

— Et danser aussi, ajoute-t-elle tout excitée en me prenant la main. Papa dit que vous étiez souvent à la cour. Vous devez savoir danser !

— Ton papa se trompe. Je ne suis jamais allée à la cour.

J'essaie de ne pas imaginer les autres mensonges qu'il dit à son enfant.

— Mais papa dit que…

— Non, dis-je en retirant ma main. Retourne à ton reprisage.

— Nous pourrions *santer* ? insiste-t-elle avec un zézaiement plus marqué encore.

Nous pourrions santer ?

— Si tu veux *santer*, tu dois le faire à la maison. Ton père peut te l'enseigner. Il semble connaître beaucoup de choses.

Isabelle ne perçoit pas l'aigreur dans ma voix. Elle lève les yeux au plafond en soupirant :

— Il ne *sante* jamais. Il lit tout le temps.

Sa belle bouche fait la moue, elle me rappelle les lèvres de Michel, sa voix enjouée et la musique du cistre. Lorsque le navire me recueillit sur l'île, j'offris l'instrument au capitaine en paiement de mon passage, mais il hésita tout de même à me prendre à bord. Il n'arrivait pas à croire que j'étais un être humain. C'est uniquement son intérêt cupide pour l'instrument, surtout pour ses métaux précieux et ses incrustations d'ivoire, qui me sauva — ou me condamna.

Isabelle a regagné son banc. Elle chasse ses boucles fon-cées de son visage, me lance un long regard, puis saisit un morceau de craie et une ardoise plutôt que son ouvrage. Je la laisse seule. Je l'ai suffisamment réprimandée.

Je me détourne et je souris faiblement. Ce matin, le mor-ceau de fromage avait disparu. Lorsque j'ai ouvert la fenêtre en haut chez moi, un souffle de vent a projeté des cendres sur mon visage et ma bouche, mais j'avais eu le temps de voir les traces sur le rebord : quatre orteils ronds et un coussinet. Des traces de chat, et non de rat.

Que pense savoir monsieur Lafrenière ? Que veut-il savoir ? Je me dirige vers l'étroite fenêtre et l'entrouvre pour prendre de l'air.

Jusqu'à quand, Seigneur, jusqu'à quand ? Mes jours se sont évanouis en fumée. Péché infâme. La culpabilité.

Les souvenirs éclatent dans mon crâne. Leur résonnement me fait mal à la tête. Les mains sur le front, je fixe le chemin boueux au loin. Et maintenant, je flotte, dehors, au-dessus de la boue et me retourne vers l'étude du notaire. Je vois à travers les murs, je vois les fillettes dans la classe, la tête pen-chée sur leur ouvrage. Toutes, sauf Isabelle. Elle regarde son ardoise, elle la tapote et fait grincer sa craie.

Des traits sur la paroi de granit. Le frottement de la pierre sur la pierre.

Avant d'apprendre à faire des lacets avec des tendons, Marguerite utilisait de la ficelle pour assembler les peaux de lapin. Lorsque Michel l'aperçut utiliser sa dague pour percer des trous dans les pelisses raides, il tailla une alène dans un os et la lui jeta, sans un mot. Enfant, elle avait appris com-ment préserver les fourrures de mouton et de lapin, mais celles qu'elle avait maintenant — certaines toutes blanches, d'autres encore de couleur fauve et parsemées de taches claires — n'avaient pas été tannées. Marguerite ne disposait pas des outils pour bien travailler, les peaux étaient raides et ses points étaient maladroits, mais elle avait confectionné une cape chaude. Marguerite fabriqua aussi des capuchons et des mitaines rudimentaires, en tentant d'oublier que les lapins étaient de plus en plus difficiles à attraper.

De temps à autre, Michel attrapait un renard, une belette ou un vison à la fourrure épaisse et lustrée, mais il refusait de porter toute peau d'animal.

—Nous ne sommes pas comme les Sauvages, disait-il avec amertume.

Pas encore.

Les canards et les goélands devenaient aussi rares que les lapins. Michel appâtait des hameçons avec des morceaux de leurs entrailles pour attraper des poissons dans la mer et dans les criques et les bassins. Il tailla une lance que Marguerite et lui utilisaient pour attraper les poissons plats dans les hauts-fonds et quelques saumons dans les ruisseaux. Damienne, qui refusait de mettre un pied dans l'eau, n'importe quelle eau, à cause de sa grande crainte de la noyade et des monstres, cueillait les baies et les racines qu'elle trouvait sans avoir à s'aventurer trop loin de la grotte. Les trois maigrissaient, même la corpulente domestique. Leurs vêtements en lambeaux pendaient à leurs corps.

Le ventre de Marguerite s'arrondissait à peine lorsqu'elle informa la vieille femme de sa condition. Les mains de Damienne tremblaient devant son visage émacié. Elle feignit la joie et prétendit connaître l'enfantement, ce qui n'était pas le cas. Elle se força à sourire, puis s'anima autour de Marguerite comme s'il s'agissait d'un événement heureux. Elle pépiait et jacassait, proposant de confectionner des couvertures et des langes avec les peaux de lapin.

Marguerite lui ordonna de se taire. Elle ne voulait pas penser au bébé. Elle s'inquiétait seulement d'avoir perdu l'amour de Michel. Elle était affamée, mais encore plus assoiffée de ses caresses. Elle parvenait à peine à se souvenir de son sourire éclatant et ses oreilles se languissaient d'entendre à nouveau sa voix légère, gaie et rassurante. La nuit, lorsqu'ils étaient allongés côte à côte sur la pierre plate rosée, les pieds tournés vers le feu, ils auraient pu alimenter leur amour. Mais elle se languissait du toucher de sa bouche sur la sienne, de l'étreinte de ses bras et de la chaleur de son corps sur le sien.

Michel la laissait vide et insatiable.

Elle se sentait trahie par son corps, puis honteuse. Une fois, il n'y a pas si longtemps même si cela semblait des années, elle avait voulu ce petit. Elle avait cru que son oncle les aurait mariés si elle portait l'enfant de son amant. Quelle écervelée elle était !

Marguerite implorait la miséricorde de Dieu. Elle priait pour qu'une caravelle vienne les sauver et pour que Michel retrouve son amour pour elle.

Elle priait pour qu'il ne la rejette pas à jamais.

Ses lèvres articulaient des prières sans relâche : Aie pitié de moi, Seigneur. Dieu est mon secours et je me confierai à lui. Ils errèrent par le désert dans un chemin solitaire ; ils ne trouvèrent pas de ville pour y habiter. Ils souffraient de la faim et de la soif. Leur âme était languissante. Alors, ils ont crié vers l'Éternel dans leur détresse ; il les a délivrés de leurs angoisses…

Jusqu'à quand, ô Éternel ? Jusqu'à quand ? Murmures. Grognements. Sarcasmes. *Je t'invoque des lieux profonds, ô Éternel. Koum-koum-koum. Sauvés par notre grâce et non celle de Dieu.*

Je suis de retour dans la salle de classe. J'entends rire derrière moi. Ce sont les fillettes, et non les voix mais, lorsque je me détourne de la fenêtre, elles se concentrent sur leurs bas et leurs aiguilles, le visage sérieux. Isabelle sort le bout de la langue en travaillant tranquillement avec sa craie. Elle ne lève pas la tête de crainte que je lui demande de reprendre son aiguille et sa laine.

Je me retourne vers la fenêtre. L'air est doux, malgré la neige fondante qui tombe et les grains de grésil qui frappent mon visage et me gèlent les cils.

Les journées raccourcissaient. Le froid mordant et les vents plus féroces balayaient la glace sur la rive. La glace épaissit tant qu'ils auraient pu marcher jusqu'aux îles à proximité, mais ils avaient jugé qu'ils n'avaient ni motif, ni volonté, ni énergie pour le faire. Marguerite et Damienne transportaient de l'eau et du bois flotté dans la grotte. Elles coupaient des arbrisseaux secs et amassaient tous les petits fruits gelés qu'elles trouvaient, sans se demander s'ils étaient vénéneux.

Michel ne quittait la grotte que pour surveiller et installer les pièges. Il parlait peu et, lorsqu'il s'adressait à elles, Marguerite et Damienne ne l'écoutaient pas. Il ne faisait que maudire Roberval, se plaindre du froid et de la faim, et parler de mort et de meurtre en marmonnant. Le poids de sa hargne était plus lourd que l'air enfumé.

Marguerite tentait de répondre à la brusquerie par la tendresse, mais il repoussait ses mains et ses paroles. La nuit, ils partageaient encore la même couche, mais il lui refusait la proximité et la chaleur de son corps.

Damienne ne se souciait plus de leur laisser leur intimité. C'était inutile. Son visage se creusait de rides profondes, ses cheveux gris se clairsemaient et sa peau foncée se couvrait de squames.

Un jour, à l'extérieur de la grotte, elle prit Marguerite à part.

— Tu ne peux plus penser continuellement à *lui*, dit-elle en évitant même de prononcer le nom de Michel. Tu dois penser à l'enfant et surmonter ta tristesse, sinon tu lui causeras du mal.

Le bébé, Michel n'en parlait jamais. Il n'en voulait pas. Marguerite tentait de se convaincre qu'elle le désirait, que l'enfant était un cadeau de Dieu, une bénédiction. Elle continuait à lire le Nouveau Testament et à prier : Aie pitié de moi, ô Éternel, car je suis sans aucune force… Dès le ventre de ma mère, tu as été mon Dieu. Ne t'éloigne point de moi, car la détresse est proche et personne ne vient à mon secours.

Marguerite priait et s'inquiétait, parce qu'elle commençait à comprendre les paroles de Michel : ce serait une chance de perdre l'enfant le plus tôt possible. Ce serait péché de prier pour cette issue, ou même de la souhaiter, mais ce serait une faute encore plus grave de la provoquer.

Pourtant, comme si elle habitait un corps qui n'était pas entièrement le sien et était mue par une volonté étrangère à la sienne, Marguerite se voyait cueillir des racines, des graines et des feuilles séchées sur toutes les plantes qu'elle trouvait. Elle les écrasait et les coupait du mieux qu'elle le pouvait et les faisait bouillir dans la marmite. Les mains tremblantes, elle portait le breuvage noir à ses lèvres. Il n'y avait ni sucre ni miel pour le rendre moins amer.

Ce n'était que justice, croyait Marguerite, qu'il lui donne des haut-le-cœur et des coliques.

Prétextant qu'elle se limitait à préparer la nourriture, elle servait ses mixtures infectes à Michel et Damienne. Michel répondait en maugréant et Damienne, d'un air renfrogné. Marguerite s'inquiéta que Dieu devine ses intentions réelles, sa cruauté.

Elle tomba à genoux et implora le pardon : Éternel ! Ne

me punis point dans ta colère et ne me châtie point dans ta fureur. Aie pitié de moi, ô Éternel, car je suis sans force.

Pitié de moi, ô Éternel. Faible, faible, faible. Koum-koum-koum.

Marguerite ne voulait pas aggraver sa faute en tenant Dieu responsable.

Mais moi, oui.

Je joins les mains pour les empêcher de s'élancer et de projeter la lampe au sol. Elle se casserait et volerait en éclat. J'utiliserais un tesson pour me tailler le poignet. Du sang. Il doit y avoir du sang.

Dieu n'a-t-il pas péché en infligeant un tel sort à Marguerite? N'était-ce pas une faute de demeurer silencieux en dépit de la foi, de l'amour et des invocations de Marguerite?

Je t'invoque des lieux profonds… Jusqu'à quand, Éternel? Jusqu'à quand? Sauvés par notre grâce, non celle de Dieu. Koum-koum-koum.

Isabelle lève les yeux de son ardoise et remarque mes mains serrées. Sa langue s'avance devant ses dents à demi poussées, petites perles d'ivoire. Elle me parle d'une voix douce et hésitante:

— Madame de Roberval, papa dit que vous avez vécu sur une île avec des loups et des ours… et des démons.

— Non.

— Papa se trompe? me demande-t-elle en avançant son petit menton par défi.

— Ton père a raison la plupart du temps, lui dis-je avec précaution. Mais il me confond avec quelqu'un d'autre.

— Mais il a des livres, me réplique-t-elle avec autorité. Il lit sur les endroits sauvages. Et les démons. Il dit que vous étiez sur l'île des Démons.

— Non, ce n'était pas moi.

Isabelle me fait signe d'approcher, elle entoure sa bouche de ses petites mains et zézaye à mon oreille :

— Papa dit que c'était monsieur de Roberval le Démon.

Je recule. Comment Lafrenière connaît-il ces histoires ?

Isabelle imite un égorgement en glissant son index sur son cou :

— Papa dit que c'est une bonne chose que quelqu'un l'ait tué. À Paris.

Elle incline la tête, d'un air faussement timide :

— Je ne suis jamais allée à Paris. Et vous ?

Je lui répète, le cœur battant si fort que je crains qu'elle l'entende :

— Il me confond avec quelqu'une d'autre.

— Papa est intelligent, me répète-t-elle. Il lit des livres sur l'alchimie et la géographie. Il dit que le cosmographe du roi est fou.

Je suis très surprise, et bouleversée, que Lafrenière sache quoi que ce soit au sujet d'André Thevet, qu'il ait parlé de Marguerite, de moi, à Isabelle. En quoi le franciscain peut-il l'intéresser ?

En quoi puis-je l'intéresser ?

Isabelle continue à babiller.

— Papa m'a appris que les hommes qui écrivent des livres sur la géographie disent que le cosmographe du roi n'est jamais allé en Nouvelle-France. Ni à Terre-Neuve.

Elle regarde d'un côté à l'autre comme si une des autres fillettes nous écoutait. Elle baisse la voix :

— Ils disent que le moine est un menteur qui invente des histoires sur les Indiens.

— Essuie ton ardoise. Tout de suite. Tu dois reprendre ton ravaudage.

Le visage d'Isabelle pâlit, comme si elle s'attendait à ce que j'apprécie ses confidences, à ce que je veuille en apprendre davantage. Sur son ardoise, elle a dessiné un loup muni d'énormes dents acérées et une femme qui l'attaque avec une lance. Isabelle boude encore plus en essuyant son dessin avec un torchon. Elle efface les crocs en dernier.

Les loups arrivèrent quand l'île se trouva emprisonnée dans la glace, après l'arrivée des chevreuils. Un matin à la fin de décembre, Michel remarqua dans la neige d'énormes traces de pas ronds laissées, selon lui, par plusieurs animaux. Craignant qu'il s'agisse de l'empreinte de monstres, Damienne se réfugia dans la grotte.

Même si les mousquets ne fonctionnaient plus très bien, Michel put suivre un cerf et le tuer. Il rentra à la grotte en portant l'animal sur ses épaules, un large sourire aux lèvres pour la première fois depuis des mois. Il déposa la bête devant les femmes, sans un mot. Marguerite pleura, ses larmes s'écrasèrent sur le cou de couleur chamois. Elle pleura encore quand ses dents mordirent le foie rouge foncé, encore gorgé du sang tiède de l'animal.

Michel dépeça le chevreuil et ne sacrifia aux goélands et aux corbeaux que les restes putrides provenant de ses entrailles. Ils grillèrent la viande sur le feu et dévorèrent l'épaisse couche de gras de la croupe de l'animal qui glissait sur leur menton. Ils avaient enfin le ventre plein.

Cette nuit-là, Michel et Marguerite firent l'amour. Ils s'aimèrent sur le rocher rose, réchauffés par le feu, et Marguerite s'endormit dans l'étreinte de Michel.

Ils conservèrent chaque partie de l'animal : le cuir, les bois, les os, et même le contenu de son estomac. Marguerite et Damienne tranchèrent en lanières la viande qu'ils ne mangèrent pas immédiatement et les séchèrent près du feu dans la caverne.

Le chevreuil leur donna espoir.

Puis ils entendirent les hurlements sinistres dans la nuit et virent dans la neige des traces de pattes à quatre orteils, grosses comme la main de Michel, celles des animaux qui leur disputeraient le chevreuil, les quelques lapins et les rares perdrix. Celles de prédateurs qui les considéraient comme des proies. Michel renforça les entrées de la grotte en ajoutant des piliers solides. Marguerite et lui faisaient le guet la nuit, à l'affût des yeux cuivrés et du reflet de longs crocs blancs.

J'entends une explosion résonner sur les parois de pierres. J'ai un mouvement de recul et mes oreilles bourdonnent.

—Quand est mort votre amant ? me demande le franciscain en limant son ongle abîmé avec un couteau.

—Son mari est décédé le troisième jour de mars 1543.

Le couteau s'immobilise.

—Vous connaissez la date exacte ?

—Deux cent trente-quatre jours après que Roberval les eut abandonnés.

Le frottement de la pierre sur la pierre. Le compte des traits. Marguerite, le ventre rond et lourd, les membres maigres comme des bâtons, les ongles cassés et saignants à force de creuser le sol gelé pour déposer son corps dans une crevasse, sous une dalle de pierres, à cent vingt-deux enjambées en retrait de la grotte. C'était cette même pierre sur laquelle ils grimpaient pour suivre le sentier menant au sommet ou pour descendre au bord de l'eau. Elle poserait son pied sur sa crypte presque chaque fois qu'elle sortirait de leur abri.

Les femmes ne pouvant sacrifier aucune pièce de linge pour lui faire un linceul, Marguerite couvrit son corps nu des peaux de lapin qu'il ne pourrait plus porter.

Marguerite transporta de grosses pierres et les empila pour bloquer l'ouverture du mieux qu'elle le pouvait et protéger la dépouille des loups et des renards. Elle ne pouvait rien pour éloigner les visons et les belettes, et chassa de son esprit l'image de ces petits animaux en train de gruger le corps amaigri de Michel.

—Comment est-il mort?

—Il a perdu espoir.

—Perdu espoir?

—Ne croyez-vous pas qu'il avait ses raisons?

—Il y a toujours la foi, Marguerite, toujours l'espérance, me dit Thevet gravement, même dans les nuits les plus sombres.

Il m'administre les mêmes platitudes que Marguerite tentait ardemment de croire.

La fille naïve. Koum-koum-koum. Sauvés par notre grâce, et non celle de Dieu.

—Oui.

Tandis que le franciscain poursuit son laïus sur la foi, je fixe le mur de pierres derrière lui. Je vois Michel, son regard hanté qui brille, mais sans éclat de tendresse. Même avant sa mort, l'amour n'était plus qu'un vague souvenir pour Marguerite, une chose merveilleuse arrivée à quelqu'un d'autre il y a très longtemps. Même lorsqu'il était allongé à côté d'elle, elle n'arrivait plus à imaginer l'amour. Elle ne voyait que de la nourriture. Et lorsqu'elle rêvait, elle voyait des tables ployant sous le poids des plateaux de porc, de bœuf et d'oie rôtis, des miches de pain doré, du beurre doux, des amandes et des tartes aux fruits. Elle se réveillait au milieu des parois de granit de la grotte, dans l'odeur des os desséchés qu'elle faisait bouillir pour en extraire du bouillon.

Les jours se mirent à allonger, mais il régnait toujours un froid mordant. Les vents soufflaient avec une telle violence que les cils de Marguerite gelaient ensemble et elle respirait avec difficulté. Souvent, le matin, elle devait enlever la neige de l'entrée de la grotte et le soleil brillait avec un éclat tel qu'il lui donnait mal aux yeux. Michel ne quittait plus la grotte que pour se soulager. Marguerite dut apprendre comment poser des collets et chasser à l'arquebuse et au fusil, même si le recul de l'arme était si fort qu'il la projetait parfois au sol et lui contusionnait l'épaule.

Elle avait abandonné depuis longtemps toute tentative d'empoisonner l'enfant qui grandissait en elle, mais elle continuait à faire bouillir des racines et l'écorce interne des aulnes et des bouleaux pour en faire des décoctions. Elle creusait des trous sur la surface gelée des étangs à coups de hache pour pouvoir pêcher et permettre à Damienne de puiser de l'eau.

À la fin de l'hiver, les lapins et les perdrix crevaient de faim eux aussi. Ils étaient maigres, dépourvus de gras. Marguerite ne voyait plus d'empreintes de chevreuils, mais ils mangeaient parfois un loup qu'elle parvenait à tuer à partir de l'entrée de la grotte. À l'époque, elle voyait en rêve des loups qui les mangeaient, arrachant l'enfant à naître de son ventre avant de le démembrer. Elle s'éveillait terrifiée et épuisée, comme si elle n'avait pas fermé l'œil de la nuit.

Ils devinrent squelettiques et Marguerite ne comprenait pas comment son ventre s'arrondissait alors que ses bras et ses jambes maigrissaient, comment l'enfant pouvait donner des coups de pied avec tant de vigueur alors qu'elle se mourait. Dans ses pensées qui dérivaient et vagabondaient avec la fumée du feu, Marguerite en vint à croire que Dieu les punissait tous pour son péché, pas celui d'avoir aimé Michel, mais celui de ne pas vouloir son enfant.

Éternel! Ne me punis point dans ta colère et ne me châtie point dans ta fureur. Aie pitié de moi… Louez l'Éternel, car il est bon, car sa miséricorde dure toujours.

—Stupidité, quelle stupidité, dis-je.

—Nous ne devons jamais…

Le franciscain s'interrompt au milieu de sa phrase:

—Quoi? Qu'avez-vous dit?

Il agite sa plume comme si les mots qu'il cherche sont suspendus dans l'air qui nous sépare, comme si la plume pouvait les attraper.

—Qu'avez-vous dit? répète-t-il.

—Stupidité.

—Oui, votre jeune homme était stupide. Révélez-moi la cause véritable de sa mort.

—Il est mort parce que Dieu n'a pas entendu les prières de Marguerite. Ou parce qu'il a décidé de ne pas y répondre.

La plume est pointée dans ma direction.

—C'est un blasphème! crie-t-il. Retirez vos paroles!

Je sens un sourire se dessiner sur mes lèvres:

—Sinon? Me ferez-vous exécuter ici, dans le bastion des huguenots, ou bien m'emmènerez-vous à Paris?

—Impertinente, crache-t-il. Dites-moi, comment est-il mort?

—De désespoir, Père. Je vous l'ai dit: il est mort de désespoir.

Marguerite se mit à craindre l'homme qu'elle avait aimé de chaque fibre de son être sept mois auparavant seulement. Les boucles foncées de Michel avaient terni et se clairsemaient. Sa barbe embroussaillée était crasseuse. Son visage ressemblait à un crâne au sourire hideux, même s'il ne souriait jamais. Marguerite ne pouvait plus tolérer de le regarder.

Sa physionomie la repoussait et ses yeux brillants l'effrayaient. Il se mit à maugréer des paroles incohérentes sur Roberval, sur les démons et sur le Diable, sur le fait qu'ils étaient en train de mourir comme des chiens bâtards, les yeux piqués par les corbeaux. Ses mots, rarement intelligibles, et sa voix de plus en plus faible se réduisaient à un grognement monocorde.

Marguerite prit la dague de Michel et la conserva à portée de la main. Elle s'endormait toujours après lui et laissait Damienne armée du sabre.

Un jour, alors que Marguerite rentrait avec seulement quelques fruits gelés en compensation de tous ses efforts, elle se rendit compte que quelque chose avait changé. Elle le sentit en pénétrant dans la grotte. L'odeur poussiéreuse de la mort emmêlée à la fumée grise. Lorsque sa vue s'habitua à l'obscurité perpétuelle de la caverne, elle aperçut Damienne recroquevillée contre la paroi qui fixait Michel gisant sur le dos. Une grimace révélait sa bouche édentée.

Marguerite s'agenouilla devant Damienne et lui demanda :
—Que s'est-il passé ?

Damienne jeta un regard par-dessus l'épaule de Marguerite, en direction de Michel.

—Ils sont venus, lui dit-elle.
—Qui ?
—Les démons. Ils sont venus le chercher.
—Non, c'est impossible ! dit Marguerite en s'écartant de la vieille femme.
—Il s'est mis à leur parler, ajouta Damienne.
—Il leur parlait ?
—Oui, il parlait et riait avec eux. Mais ce n'était pas un rire gai. Ses yeux brillaient comme ceux d'un loup. Il s'est adressé à eux et ils l'ont pris.

—C'était probablement des anges, expliqua Marguerite. Michel est en paix maintenant. Il est au paradis.

—Non, je les ai vus. Tous emmêlés. Comme de la fumée noire.

Marguerite prit son Nouveau Testament et le porta à sa poitrine.

—Des anges, insista-t-elle, ce devait être des anges.

—Non, murmura Damienne, ce n'en était pas.

Un éclat de doute glacé s'immisça dans le cœur de Marguerite. Elle ne croyait pas vraiment que les anges étaient venus chercher Michel, mais elle ne put et ne voulut croire que les démons avaient pénétré dans l'abri. Michel et Damienne les avaient fait apparaître avec leur propre crainte.

Marguerite s'agenouilla et prit Michel dans ses bras. Elle aurait voulu ressentir du chagrin, mais ce n'était qu'une grande lassitude. Et de la rage. Pourquoi avait-il abandonné ? Pourquoi ne s'était-il pas battu pour vivre assez longtemps pour voir son enfant ?

—Le désespoir ne tue personne, proteste Thevet. Comment est-il mort ?

L'homme faible. Faible, faible, faible. Koum-koum-koum.

—Oh oui, Père ! Il tue.

—Mais vous avez survécu. Damienne aussi.

L'homme faible. Kek-kek-kek. L'homme faible.

—Son mari était bon, mais faible. Il a perdu espoir, puis les anges sont venus.

Le visage du franciscain s'illumine en entendant ces paroles :

—Les anges ?

—Oui, les anges.

J'ai le ventre creux et mon pouls bat au milieu de ce vide douloureux. Je transporte deux lapins éviscérés. Leur fourrure est douce dans ma main. Je monte l'escalier quatre à quatre jusqu'à mon taudis. Je ne peux attendre. J'arrache la peau de la viande et je mords dans la chair grise et froide. Je mastique jusqu'à ce que je puisse fermer les yeux et respirer. J'avale, puis je prends une autre bouchée. Je lève les yeux et j'aperçois la chatte tigrée. Immobile, elle me fixe par la fenêtre ouverte. Je comprends maintenant ce qu'elle voit : mes dents mordant la viande crue, le regard sauvage.

La chatte se retourne et s'enfuit.

Je dépose les lapins et je prépare un feu dans la cheminée. Je les cuirai dans la marmite en fer et je servirai le civet sur une assiette avec du pain.

Je m'assieds près du feu, ma faim calmée pour l'instant. J'ai laissé une petite portion de ragoût sur le rebord de la fenêtre à l'extérieur. De temps à autre, je me détourne de l'âtre pour voir si la chatte est revenue. Pourquoi me soucier d'elle ? Elle est maigre et laide, elle a l'oreille déchirée et elle me mordrait si elle le pouvait. Je ne perçois aucune pitié dans ses yeux verts.

Mai j'ai remarqué son ventre ballonné et je m'inquiète. Elle meurt de faim. Elle pourrait manger ses petits et je ne peux pas la laisser faire. C'est pourquoi je fais le guet.

L'araignée tisse sa toile avec beaucoup de patience et d'application. Elle écoute plus attentivement que le franciscain et je décide de lui offrir quelque chose de beau : un papillon. Comme l'araignée est rassasiée, le papillon est hors de danger pour le moment. J'aperçois l'éclair de ses ailes iridescentes.

Marguerite se mit à porter les vêtements de Michel. Elle

attachait ses hauts-de-chausse avec une corde en chanvre sous son ventre rond et portait son épais doublet de soldat sur son dos, comme une cape, en nouant les manches sur sa poitrine. Elle tenait le vêtement près de son nez pour respirer le parfum de sel et de petits fruits de sa peau qui persistait sous l'odeur infecte de la sueur et de la peur. Elle enfilait ses longues chausses de laine et mettait de l'herbe séchée au fond des bottes trop grandes.

Elle s'efforçait d'oublier ce qu'il était advenu de Michel pour ne conserver que le souvenir de ce qu'il avait été. Marguerite se mit à l'évoquer avec amour et tendresse, se rappelant comment il avait parlé des enfants qu'ils auraient — *beaucoup, beaucoup d'enfants* —, comment il l'imaginait leur enseigner la lecture et l'arithmétique dans des livres rapportés de France. Elle avait l'impression de pouvoir le transporter doucement en elle. Elle l'avait modelé pour qu'il occupe les espaces vides dans son cœur, tout comme elle avait transformé ses vêtements pour qu'ils conviennent à son corps. Elle arrivait à se rappeler comment il l'avait tenue contre lui, comment il la touchait du bout des doigts et de la langue. Elle revoyait son sourire en fermant les yeux. Elle percevait maintenant l'amour, plutôt que la peur et le désespoir, dans les paillettes dorées de ses yeux de jade.

L'amour. L'espoir. La fille naïve.

Je réponds :

—Oui, elle était folle d'aimer, folle d'espérer.

L'araignée lève une patte avec appréhension. Peut-être entend-elle les voix elle aussi. Je lui pose ma question :

—Que pouvait-elle faire d'autre ?

Un matin, une dizaine de jours après avoir enterré Michel, Marguerite sortit de la grotte et aperçut des masses sombres sur la glace derrière les grandes îles. Le sabre à la main, elle marcha lentement jusqu'au bord de l'eau et s'aventura sur la surface gelée avec précaution. En s'approchant, les cris devinrent de plus en plus assourdissants et elle sut qu'il s'agissait de loups-marins. D'innombrables petits blanchons accompagnés d'adultes gris couverts de taches foncées sur les épaules et le dos.

Marguerite dut faire une grande enjambée disgracieuse pour traverser une rigole et atteindre la banquise où se trouvaient les animaux. Elle surveillait de près les phoques, même s'ils se méfiaient peu d'elle, tandis que son estomac criait famine et que son enfant donnait de grands coups de pied d'excitation. Enfin, elle vit un petit qui grognait et semblait livré à lui-même. Marguerite rampa plus près de lui, souleva le sabre et lui asséna frénétiquement un coup, puis un autre, et encore un autre jusqu'à ce que la fourrure blanche du petit corps convulsionné soit tachée de son sang. Marguerite le vida dès qu'il s'immobilisa et mangea le foie fumant sans plus attendre.

Des visages noirs l'observèrent avec curiosité, mais sans la menacer.

Bien que petit, le bébé phoque était lourd et Marguerite dut déployer beaucoup d'efforts pour le déplacer. Comme si son propre enfant comprenait, il demeura tranquille. Revigorée par son repas improvisé, Marguerite réussit à transporter l'animal de l'autre côté de l'eau libre, puis à le tirer et à le faire glisser jusqu'à la plage. Elle le transporta dans la grotte comme une offrande. Chacun de ses muscles souffrait d'épuisement.

Éveillée de sa léthargie, Damienne s'extasia. Elle mangea avidement le cœur, même si elle en éprouvait de la douleur à cause de ses dents qui se déchaussaient et de ses mâchoires enflées. Elle lécha ses lèvres salies par le sang cramoisi et sourit.

Au moyen du sabre, de la hache et de la dague de Michel, les deux femmes enlevèrent l'épaisse fourrure, dépecèrent la chair et transportèrent les morceaux dans la grotte. Leur estomac gargouilla en voyant et en humant la viande sur le feu et le gras qui s'écoulait en grésillant sur les flammes. Incapables d'attendre la fin de la cuisson, Marguerite et Damienne mangèrent jusqu'à ce qu'elles soient complètement gavées et somnolentes.

Marguerite fixa les flammes, les yeux lourds, incrédule devant leur chance. Elle murmura des psaumes de gratitude en frottant son ventre rond : Je t'aimerai, ô Éternel, ma force ! Éternel, mon rocher, ma forteresse, mon libérateur ! Mon Dieu est la force qui me sauve et en lui je mets ma confiance… Alors, ils crièrent vers l'Éternel dans leur détresse, et il les délivra de leurs angoisses.

Marguerite loua et remercia Dieu, même si elle était persuadée que c'était Michel qui leur avait offert cette nourriture, à elle et à leur enfant à naître. Son amour pour lui, ainsi que sa douleur, s'intensifia.

Elle s'endormit, mais d'un sommeil agité. Marguerite s'inquiétait et attendait l'aube avec impatience, craignant que les loups-marins soient partis. Puis, elle eut peur que son petit naisse trop tôt ou qu'elle soit trop faible pour chasser. Elle mit les mains sur son ventre et murmura : « Attends, mon enfant, attends. Laisse-moi le temps de chasser et de trouver de la nourriture. »

Marguerite se tourmentait pour trouver un moyen de conserver la viande. Elles n'avaient pas de sel. Comment alors sécher la chair et tenir les loups à bonne distance ? Elle chercha un moyen de tanner l'épaisse fourrure pour en faire des capes et des bottes.

Très inquiète. Koum-koum-koum.

Je réponds :

—Oui. Elle s'inquiétait. Elle s'inquiétait toujours.

Marguerite disposa de presque deux semaines pour abattre des phoques. Damienne et elle en mangèrent autant qu'elles purent, puis elles firent fondre le gras et conservèrent l'huile dans les estomacs et les vessies des animaux. Elles taillèrent la chair en étroites lanières qu'elles faisaient sécher à l'extérieur le jour. Au crépuscule, elles rentraient toute la viande dans la grotte pour la tenir à l'abri des loups, des renards et des belettes.

Puis, comme s'ils se matérialisaient dans la brume blanche, les ours blancs apparurent, énormes et féroces.

J'entends encore le « *Hoff! Hoff! Hoff!* » tout près de la grotte et je vois une énorme patte blanche qui se glisse entre les rochers et tente de repousser les barrières de bois. Je parle à l'araignée des ours et de la terreur de Marguerite. Elle lève ses pattes de devant pour capturer mes mots et les enroule très serrés dans son fil soyeux afin d'emprisonner les souvenirs — et la peur — dans sa toile.

Isabelle descend de son banc et se faufile près de moi. Elle me montre son ardoise où elle a tracé des lettres d'une écriture nette et soignée. Dans un coin, elle a dessiné un petit oiseau dont chaque patte comporte cinq orteils tordus.

—Croyez-vous que Dieu est trop occupé parfois ? me demande-t-elle.

—Trop occupé ?

—Papa dit que Dieu était peut-être tellement occupé avec les guerres du roi qu'il n'a pas entendu mes prières pour maman, dit-elle en zézayant de sa voix douce. Et c'est pour ça qu'elle est morte.

Isabelle attend une affirmation, ou un déni. Il y a de la colère en elle, sous laquelle bat une peine immense.

Jusqu'à quand, Éternel, m'oublieras-tu? Jusqu'à quand? Sourd à ses prières.

Elle pousse un grand soupir, glisse son ardoise sous le bras, puis retourne à sa place. Elle sait qu'elle a une belle calligraphie et que je n'ai pas de réponse pour elle.

— Les Indiens de l'endroit vivent presque exclusivement de la pêche, particulièrement au loup-marin dont ils jugent la chair très bonne et très délicate, m'explique le franciscain. Et ils font de l'huile à partir de la graisse qui devient rougeâtre une fois fondue. Ils la boivent en mangeant, comme nous buvons du vin ou de l'eau. Par la suite, ils se confectionnent des manteaux et d'autres vêtements avec la peau.

Thevet a-t-il déjà oublié qu'il m'a expliqué tout cela il y a trois jours à peine?

—Les loups-marins, poursuit-il, parlez-m'en.

—Ils ont attiré les ours.

Thevet se redresse sur sa chaise:

—Les ours! Quelle race d'ours?

—D'énormes ours blancs.

Des ours plus gros que tout animal que Marguerite n'eut jamais vu, et terrifiants lorsqu'ils se redressaient soudainement alors que, quelques instants plus tôt, ils se fondaient dans la brume, la neige et l'eau. Leurs petits yeux noirs exprimaient le caractère féroce que Marguerite avait constaté quand un ours attaquait un phoque et lui fracassait la tête d'un seul coup de son énorme patte.

Blanc sur blanc sur blanc, avec le sang écarlate pour seule tache de couleur. Et puis *kek-kek-kek, prouk-prouk-prouk.* Des ailes d'ébène iridescentes traversées d'un reflet violet.

J'aperçus une patte velue se glisser entre les pierres du mur derrière le moine. Les longues griffes jaunes lui touchent pratiquement la tête. Puis, la patte se transforme en museau blanc. *Hoff! Hoff! Hoff!* Je sens l'odeur rance de la viande de phoque.

—Comment vous protégiez-vous après la mort de votre amant?

—Marguerite en a tué quatre en une seule journée. Avec le mousquet.

Thevet écrit à grande vitesse:

—Quatre? En une seule journée?

Quel idiot! Gaspiller son papier coûteux pour noter des insanités. Personne n'arriverait à tuer quatre ours en une seule journée! Il faut treize pas pour charger une arquebuse et tirer, tout en tenant un batte-feu à la main pour allumer la mèche puisqu'on ne peut pas se fier à la poudre. Un seul tir, sans avoir le temps de charger à nouveau et de tirer avant que l'ours nous écrase le crâne aussi facilement que si nous n'étions qu'un phoque.

Dans la nuit où transperçaient leurs yeux d'un bleu argenté, Marguerite tirait dans leur direction, mais dans le seul but de les éloigner de la grotte. Damienne et elle devaient faire sécher toute la viande de loup-marin et la fumer dans la caverne, même en plein jour. Après l'arrivée des ours, Marguerite ne s'aventurait plus à l'extérieur que pour aller chercher de l'eau et du bois. Damienne, elle, ne sortait que pour se soulager et, encore, elle demeurait près de l'entrée de l'abri. La vieille femme craignait non seulement les ours, mais aussi les démons qu'elle croyait voir tapis dans toutes les ombres.

Thevet se rassied et me dévisage. Il semble se méfier d'une femme capable de tuer un ours. Il hoche la tête avec incrédulité:

—Les femmes sont douées avec les enfants, mais pour chasser l'ours ?

Je poursuis en embellissant mon récit :

—Ils les mangeaient. La viande était coriace et goûtait le poisson. Ils se servaient de leur fourrure comme couvertures.

Thevet écrit moins vite, peut-être parce qu'il doute maintenant pouvoir me croire :

—Et quand est né l'enfant ?

—Le dixième jour d'avril 1543. Deux cent soixante-douze jours après l'abandon de Roberval.

Les mains de Damienne qui tremblaient à chaque cri. La vigilance de Marguerite qui diminuait et s'étiolait, mais se ravivait avec la douleur. Une souffrance atroce qui lui déchirait le ventre. Du sang.

—Garçon ou fille ?

—Peu importe.

Je frotte ma coupure au poignet. Elle est presque guérie maintenant, mais j'arrive encore à réveiller la douleur. Je vois remuer les lèvres du moine. Pourtant, je n'entends que le bourdonnement dans ma tête. Ses paroles redeviennent perceptibles et je souhaite aussitôt perdre l'ouïe à nouveau.

—Bien sûr que ce fait a de l'importance, rétorque-t-il. Il, ou elle, était petit-fils de la noblesse.

Des chiens se battent dehors. Grognements sourds et cris. Je pense aux loups, à leur regard cuivré et à leurs crocs étincelants. Je les entends tapis derrière la porte, leurs queues frappant le bois, leurs pattes griffant la pierre.

Le franciscain tressaillit à chaque grognement, mais n'abandonne pas son interrogatoire :

—Parlez-moi davantage de l'enfant. Comment avez-vous réussi à le mettre au monde seule ?

—Elle n'était pas seule. Sa servante Damienne était là. Oui, Damienne.

Je prononce son nom deux fois pour qu'il pense à elle, pour l'agacer. Je répète encore :

—Damienne était à ses côtés.

Thevet se passe la langue sur les dents, mais se retient d'injurier la femme.

Damienne ne l'a pratiquement pas aidée. Ses plaintes et ses gémissements inspiraient la pitié et la crainte autant que les chiens qui se battent dehors.

—Marguerite avait mangé de la viande de loup-marin. Elle était forte, dis-je.

Thevet se jette sur le mot « loup-marin » et je dois écouter — pour la troisième fois — ce qu'il m'a déjà raconté. Il adopte un ton pontifiant, comme s'il partageait de nouvelles connaissances.

—Les Indiens de Terre-Neuve se nourrissent presque exclusivement de phoques. Ils fabriquent une huile rougeâtre à partir de la graisse.

Il se tait et plisse les paupières, comme s'il se rappelait qu'il me parlait de l'enfant et non du loup-marin :

—Étiez-vous dans la caverne ?

Je hoche la tête. Les parois sombres. La fumée. Des flammes qui montent, puis redescendent. Un rite sacré aussi ancien qu'Ève.

—Était-ce douloureux ?

Je sais ce que le franciscain veut entendre : Ève bannie du jardin d'Éden pour enfanter dans la douleur afin de racheter sa désobéissance. Je rétorque d'un ton cassant :

—Ne serait-ce pas un péché si ce ne l'était pas ?

Les pensées de Marguerite étaient tels des fils cassés aux bouts effilochés, mouillés de sang. Elle flottait au plafond, elle observait et écoutait. Elle entendait des mots qui n'étaient ni les siens ni ceux de Damienne, une voix faible et râpeuse comme celle de Michel, une deuxième voix basse et dure comme celle de Roberval. Ces mots l'accusaient : *Coquette lascive. Le désir. Le scandale. La putain. Punie. Le bâtard misérable. Le bâtard, le bâtard, le bâtard.*

—Non, non, non ! cria-t-elle. Mon petit n'est pas un bâtard.

Par défi, elle expulsa l'enfant, un bébé hurlant au visage tordu par la rage d'être né dans un tel endroit. Marguerite utilisa la dague de Michel pour couper le cordon. Les voix se turent.

—Marguerite poussa jusqu'à ce que sa matrice se vidât.

—Arrêtez !

Les mains de Thevet tremblent et ses feuilles tombent au sol. Il feint l'indignation en entendant ce mot prononcé à haute voix en sa présence. Il rassemble ses feuilles, puis s'assied et me lance un regard furieux jusqu'à ce que son souffle se calme.

—Fille ou garçon ? demande-t-il ostensiblement. Vous devez me le dire Marguerite. Il, ou elle, était petit-fils de noble.

—Peut-être que non, Père. Peut-être que tout ce que je vous ai dit est faux. Peut-être Marguerite s'est-elle accouplée avec un des prisonniers, un assassin, et a donné naissance à un bâtard.

—Vous êtes effrontée, comme les putains de Babylone, avec vos abominations charnelles, votre désir insatiable !

Les abominations charnelles. Kek-kek-kek. Les désirs insatiables.

Je touche la lame de la dague de Michel. Si j'arrivais à trancher les cordes qui nouent ma gorge, je rirais au visage du franciscain. Il n'a aucune idée de ma soif de sang. Je suis insatiable.

Thevet me toise de ses yeux brun jaunâtre emplis de mépris. Il hoche lentement la tête en feignant la pitié :

—Vous ne regrettez toujours pas ce que vous avez fait, même après toutes ces années et la punition de Roberval.

La culpabilité. Hoff! Hoff! Hoff! Péché impardonnable. Kek-kek-kek. Les voix emmêlées se heurtent les unes aux autres. *La contrition et la pénitence. Koum-koum-koum. Le bâtard, le bâtard, le bâtard.*

—Comment s'appelait l'enfant, Marguerite ? Nous resterons ici jusqu'à ce que vous me le disiez.

Je couvre mes oreilles. Je ne me repentirai pas, je ne m'excuserai pas et je ne lui révélerai pas son nom.

Le franciscain prend un couteau pour tailler sa plume à grands coups saccadés, mais la jette sur la table. Il a tranché la pointe par mégarde et doit en prendre une autre.

Marguerite l'avait appelée Michaëlle, cadeau de Dieu. Elle porta le nouveau-né à son sein en priant pour qu'elle ait suffisamment de lait. Damienne et elle étaient mal préparées à son arrivée puisqu'elles croyaient impossible que Marguerite accouche d'un enfant vivant ni qu'il survive à sa naissance. Elles s'émerveillaient devant ce miracle, devant sa beauté, sa force, la douceur satinée de sa peau et la façon dont elle tétait avec vigueur, son combat pour vivre.

Marguerite chassa de son esprit qu'elle avait tenté d'empoisonner ce petit, qu'elle avait déjà souhaité sa mort. Elle se concentrait maintenant sur la Sainte Vierge et son enfant, sachant qu'elle ferait tout pour sauver Michaëlle, absolument tout.

Damienne déchira ses sous-vêtements pour en faire des langes. Quelques semaines plus tard, après le départ des phoques et des ours, une fois la neige fondue, la vieille femme trouva le courage de s'aventurer vers les tourbières pour recueillir de la mousse qu'elle faisait sécher sous le chaud soleil.

Michaëlle raviva leur espoir et leur foi.

Sois pour moi un dieu, un protecteur, une maison qui me soit un lieu fort, afin de me sauver. Aie pitié de nous… pitié de nous… pitié de nous. Kek-kek-kek.

J'entends gémir Michaëlle, fort puis doucement. Je ressens la douleur au milieu de ma poitrine. J'appuie sur la blessure à mon poignet, puis j'entends chuchoter : *Être faible, c'est mourir.*

Je réplique doucement, la tête penchée :

—Oui, être faible, c'est mourir.

Le moine ne relève pas la tête et continue à tailler sa plume.

Avec la fonte des glaces et l'arrivée du temps clément, Marguerite était persuadée plus que jamais que Roberval leur dépêcherait enfin un navire. Lorsqu'il verrait Michaëlle, il leur pardonnerait.

Mais pouvait-elle pardonner la mort de Michel à son oncle ? Marguerite voyait toujours le désespoir dans les yeux de Michel. Pourquoi n'a-t-il pas lutté pour vivre, pour voir sa fille, pour la protéger ?

J'entends le grattement du couteau sur la plume, j'entends : *Le bâtard misérable, le bâtard misérable.*

—Non, pas un bâtard, dis-je.

Thevet lève les yeux :

—Ainsi, l'enfant n'était pas un bâtard.

—Non.

Je me lève pour partir.

—Nous n'avons pas encore terminé.

— Moi, oui. Vous me l'avez demandé et je vous ai répondu : Marguerite a eu un enfant et l'enfant a survécu.

— Mais son nom ? Comment s'appelait-il ?

Je me détourne et j'ouvre la porte pour affronter les loups. Michaëlle, Michaëlle, Michaëlle, leur dis-je dans ma tête. Ils grognent férocement, puis se dispersent.

L'aube pointe et je n'ai pas fermé l'œil. J'ai rêvé, pourtant. Dans les tisons ardents, je vois son visage ravagé par la petite vérole, la bouche pleine de dents pourries. L'odeur fétide de son haleine noire est encore suspendue dans l'air.

Il s'est présenté chez moi il y a des semaines, ou peut-être des mois, ou bien des années. Peut-être n'est-il jamais venu, sauf en rêve.

Marguerite l'avait vu se faire fouetter à bord du *Vallentyne*. Ce brigand avait été relâché et confié à Roberval pour sa colonie. L'homme survécut à Charlesbourg Royal et retourna en France, libre. Il a réussi, je ne sais trop comment, à me trouver, moi, la femme qu'il croyait être Marguerite. Il m'a accostée dans la salle de classe tout de suite après le départ des fillettes. Il m'avait probablement attendue devant l'étude du notaire. J'ai protesté, sans réussir à le convaincre que je n'étais pas Marguerite. Lorsque j'ai voulu m'en aller, il m'a suivie en haut de l'escalier en sautillant sur sa jambe valide et en utilisant son autre membre comme béquille. J'ai arrêté sur le palier pour qu'il ne pénètre pas de force dans ma chambre.

— Il n'y avait ni or, ni argent, ni pierres précieuses en Nouvelle-France, me dit l'homme avec amertume. Lorsque l'hiver est arrivé et que la nourriture est devenue rare, Roberval s'est mis à nous fouetter pour cause de faim, de lubricité, de sodomie ou de bestialité. Le vice-roi nous punissait pour des péchés que lui seul pouvait imaginer, conclut l'homme en riant méchamment.

L'homme haussait les épaules sans arrêt, comme si les lacérations sur son dos saignaient et brûlaient encore. Il éructa le nom de Roberval lorsqu'il me raconta qu'il avait fait pendre six des colons «pour avoir désobéi», précisa-t-il. Leurs corps inertes ont été laissés pendus là durant des jours en guise d'avertissement pour tous.

Dans son visage balafré, je vis les pendus qui donnaient de grands coups de jambes, puis leur corps raidi se balancer et noircir sous l'effet du vent et du froid.

Sans se préoccuper de son haleine fétide, l'homme se pencha vers moi et murmura en projetant sur ma joue des gouttelettes de salive :

—J'y étais lorsqu'il vous a abandonnés sur l'île.

Il croisa les mains délicatement sous son menton et poursuivit son récit :

—Les nobles et les soldats se sont éloignés par lâcheté comme des dames timorées… ou des hommes sans couilles. Vous devez vraiment détester votre oncle.

Il plaça ses mains sur sa braguette pour imiter les malheureux nobles, puis il pencha la tête et me lança un regard en coin avant de poursuivre :

—Roberval se trouve souvent à Paris, à la cour. Il est le cousin de la putain du roi Henri.

Il mit ses mains sur sa poitrine comme s'il se caressait les seins et m'adressa un sourire lubrique.

Il tendit sa main crasseuse et frotta son pouce contre ses deux doigts en me disant :

—Je pourrais lui faire payer pour ce qu'il nous a fait à nous tous, ça ne coûterait pas cher.

Je n'avais aucune confiance en lui. Il aurait pu prendre

mon argent sans rien faire en échange. Pourtant, je me rappelle avoir vu une main ouverte dans laquelle luisaient des pièces. Lui avais-je donné de l'argent?

Je ne possède ni or ni argent.

Je peux voir avec une grande netteté le regard bleu glacial et la blessure béante sous la mâchoire carrée. Je peux entendre l'air s'échapper de la trachée coupée et apercevoir le sang écarlate dégoutter de la dague de Michel.

Je porte la main à mon nez. Mes doigts sentent le phoque cru.

Était-ce ce que je souhaitais? La volonté peut-elle parfois faire se réaliser des choses?

Isabelle fredonne en étudiant sa grammaire latine dans un livre précieux: c'est notre seul exemplaire et elle n'a pas la permission d'y toucher. Je tourne les pages de papier vélin pour elle. Isabelle est trop jeune pour apprendre cette langue et, pourtant, sa volonté de connaître l'idiome des érudits me plaît singulièrement.

— *Amo, amas, amant,* lit-elle.

Elle lève les yeux vers moi, en quête de mon approbation. Je hoche la tête.

J'observe les lèvres d'Isabelle qui ressemblent tant à celles de Michel et de Michaëlle. Sa peau est douce, translucide et rayonnante. Je résiste à l'envie de me pencher et d'enfouir mon visage dans ses boucles brunes.

Avant sa naissance, Michaëlle avait bénéficié de la viande et de la graisse de phoque que Marguerite avait mangées. Elle était née blanche et potelée, comme un bébé loup-marin, et elle criait et hurlait avec la même énergie lorsqu'elle réclamait le lait de sa mère. Marguerite avait elle aussi profité de ce cadeau de Michel : ses seins regorgeaient de lait sucré riche en matières grasses.

Damienne et elle avaient réussi à conserver suffisamment de viande et d'huile pour demeurer à l'intérieur de la grotte — et à l'abri des ours — durant plusieurs semaines après la naissance de la petite, jusqu'au départ des phoques et des ours. Lorsque la glace fondit tout à fait près de la grève, des nuées de canards et d'oies affluèrent. Des bandes d'oiseaux marins nichaient sur les saillies rocheuses de la portion ouest de l'île dans un vacarme merveilleusement assourdissant. Même la malhabile Damienne parvenait à les attraper au moyen du filet en ficelle. Les deux femmes étaient stupéfaites par une telle abondance.

Ayant une forte envie de manger quelque chose de vert et de frais, Marguerite attacha Michaëlle contre sa poitrine au moyen de bandes de tissu provenant des sous-vêtements déchirés et s'aventura pour cueillir de jeunes pousses et des feuilles encore toutes fripées. Comme leur ventre ne criait plus famine, Damienne et elle pouvaient prendre le temps d'admirer les énormes îles de glace escarpées qui flottaient devant elles — azur, vert, aigue-marine — avant de disparaître quelques jours plus tard. Damienne et Marguerite s'émerveillèrent, mais elles priaient pour apercevoir des voilures blanches plutôt que des banquises. Marguerite priait toujours, en français et en latin.

La grâce de Dieu. Misericordia Deus.

Dieu demeurait silencieux, en français et en latin. *Le silence. Silentium.*

J'entends un gloussement, les pleurs d'un enfant, puis Isabelle répétant les mots latins à voix basse.

La glace ayant emporté avec elle les loups et les ours terrifiants, Marguerite et Damienne recommencèrent à faire des feux sur la plage rocheuse près de la crique en y ajoutant des brassées de branches vertes.

Marguerite rassurait Damienne sans relâche :

—Roberval viendra nous chercher maintenant.

La vieille femme se contentait de hocher la tête et Marguerite ne lui disait pas sa crainte que quelque chose d'horrible soit arrivé à son oncle et à ses navires.

—Si Roberval ne peut pas venir lui-même, il dépêchera quelqu'un. Sans aucun doute.

Marguerite lisait son Nouveau Testament et priait sous la lumière vive du soleil en nourrissant sa fille. Elle marquait encore d'un trait chaque jour qui passait sur les parois de la grotte, en repassant sur les marques laissées par la fumée.

Le visage sérieux, Isabelle hoche la tête pour que je tourne la page, inconsciente de la beauté de ses lèvres murmurant des mots étranges et étrangers à sa langue :

—*Esse, celere, ferre.*

Je veux m'approcher pour renifler sur sa joue un parfum de violettes et d'herbes.

—*Habere*, murmure-t-elle.

Habere : avoir, garder, tenir.

Marguerite regardait avec émerveillement l'enfant qu'elle tenait dans les bras. Comment cette créature magnifique était-elle venue à elle ? La bouche avide mordillant son sein était une source de réconfort qui lui rappelait aussi de pénibles souvenirs. Libérée de l'obscurité de la grotte, le visage baigné de soleil et le ventre repu, Marguerite se rappelait maintenant l'amour. Elle sentait resurgir le vide douloureux qu'elle avait oublié durant des mois et se mit à rêver du Michel qu'elle avait connu sur le bateau et lors de leurs premières journées passées sur l'île, Michel dans le jardin. Elle voulait lui montrer l'enfant qu'il adorerait, elle en était sûre.

Elle imaginait son sourire éclatant, les paillettes dorées dans ses yeux. Elle se languissait de faire l'amour sur l'herbe de la prairie, sous le soleil bienveillant et la caresse d'une brise tiède. Tandis qu'elle allaitait son nourrisson, Marguerite se souvenait de la bouche de Michel sur son sein, de ses mains sur ses hanches l'attirant vers lui. Elle s'en souvenait, puis serrait Michaëlle contre elle en pleurant.

— *Exspecto,* attendre, anticiper, espérer, dit Isabelle.

Elle penche la tête, puis lève le regard vers moi à travers ses cils épais :

— Papa dit que je dois souhaiter trouver un mari fortuné, que je dois être sans péché et que je dois espérer. Qu'est-ce que vous espérez, vous, Madame de Roberval ?

Sa question me surprend. Espérer ? Qu'est-ce que j'espère ?

— *Nihilum.* Je n'espère rien.

Isabelle fronce ses sourcils soyeux. Ses yeux gris détiennent des questions qu'elle ignore comment formuler. Elle est trop jeune. Comme Marguerite, elle ne comprend pas qu'on ne puisse rien espérer.

Marguerite était en train de cueillir des œufs dans les nids des oiseaux marins, Michaëlle attachée sur sa poitrine, lorsqu'elle vit de grandes voiles blanches. Pensant tout d'abord que ses yeux, et son esprit, lui jouaient des tours, elle se leva pour les observer. Puis, le cœur battant à tout rompre, elle courut à l'anse et ajouta du bois et des branches vertes dans le feu pour faire monter la fumée grise le plus haut possible, vers le ciel, transportant ses prières les plus ferventes : « Je mets l'espoir dans mon Dieu… Délivre-moi pour l'amour de ta miséricorde… L'Éternel est mon rocher, ma forteresse et mon libérateur… Mon libérateur, mon libérateur, mon libérateur… Pour l'amour de ta miséricorde, délivre-nous, délivre-nous, délivre-nous ! »

Marguerite sautait sans arrêt en agitant les bras, puis elle se précipita dans la grotte, confia Michaëlle à Damienne, empoigna sa robe de soie rose dans la malle et regagna la grève en courant. Elle la noua à un gros bâton et l'agita en faisant de larges arcs, jusqu'à ce que la douleur dans ses bras et ses épaules l'en empêche et qu'elle n'ait plus la force de tenir le bâton.

Le navire s'approcha. Marguerite put distinguer qu'il ne s'agissait pas du bateau de Roberval ni même d'un bâtiment français. Il était portugais. Le bateau longea lentement l'île, puis s'éloigna.

Secouée par les sanglots, Marguerite observa les voiles rapetisser à travers ses larmes. Pourquoi Dieu lui avait-il donné espoir pour le lui arracher aussitôt? Marguerite se laissa glisser sur les rochers. Pourquoi?

Elle demeura assise longtemps après le coucher du soleil et déchira la robe de soie en lambeaux. En s'activant, elle tenta de penser à Job, le serviteur adoré de Dieu, mais dont la foi fut mise à l'épreuve. Les épreuves de Job furent imposées par le Diable, et non par Dieu.

Marguerite relâcha les lambeaux de soie dans le vent.

— *Nihilum,* répète Isabelle, rien.

Je hoche la tête, ravie de constater la vitesse à laquelle elle apprend.

Je me suis gavée de pain. Après avoir épuisé les réserves de biscuits de marin, Marguerite et Damienne ne mangèrent plus de céréales, à peine quelques graines que Marguerite bouillait pour en faire un gruau liquide. Il n'y avait rien sur l'île pour en faire de la farine. Maintenant, je peux passer des heures à frotter mes doigts dans la farine, fine ou grossière, au parfum de blé, d'orge, d'avoine ou de seigle.

Je ne suis jamais rassasiée de pain et lorsque j'arrive à économiser quelques pièces, je me précipite chez le boulanger. J'y étais dès l'aube ce matin et avant même de sortir de la boutique, j'avais déchiré la miche chaude pour la manger. Il ne restait rien de mon pain à mon arrivée chez moi et maintenant, je n'ai plus rien.

La chatte zébrée était là, de l'autre côté de la fenêtre. J'ai tendu la main vers elle, doucement, mais elle s'est enfuie en sautillant sur sa jambe de pirate raide.

J'ai regardé dans la marmite en fer, mais elle était vide. Je n'avais pas de nourriture à lui offrir, pas même un morceau de ragoût ou de vieux fromage. Elle meurt de faim.

Je tourne en rond. Je ne peux pas m'asseoir.

La marmite en fer. Pourquoi l'ai-je rapportée ? Avant l'arrivée du franciscain — qui sonde, interroge, fouine avec des questions aussi incisives qu'un bec affilé —, ma marmite n'était qu'une marmite. Maintenant, je ne peux plus y toucher sans me rappeler l'île. On y mettait tout : de l'eau, du lapin, du chevreuil, du canard, du goéland et du phoque ; du poisson, des moules et des buccins ; des œufs ; la graisse fondue de loup-marin et de baleine ; du gruau et des baies ; de la belette, du loup et du vison ; des feuilles, des racines, des algues et l'écorce interne de bouleau et de saule pour faire du bouillon. Des os secs, des coquillages et des bandes de cuir qu'on faisait bouillir jusqu'à ce qu'on ne puisse plus rien en extraire. Tout.

Au début de l'été, Marguerite et Damienne se gavèrent d'une demi-douzaine d'espèces différentes d'oiseaux marins et de leurs œufs. Le poisson devint plus abondant et plus facile à pêcher.

Marguerite levait les bras : la manne tombée du ciel, œuvre de Dieu miséricordieux.

Puis arrivèrent les baleines qui fendaient la mer en projetant des jets d'eau. Damienne, qui les méprenait pour des monstres, tremblait chaque fois qu'elle apercevait leur dos large et leur queue. Marguerite espérait qu'une de ces énormes bêtes s'échoue sur les rochers.

Marguerite avait du lait et Michaëlle se développait admirablement bien. Damienne s'asseyait au soleil avec elle et lui chantait des berceuses.

En fermant les yeux, j'entends la douce mélodie chantée par la vieille femme : *Chut, petit bébé, je t'aime, je t'aime.* J'entends le gazouillis et le babil du nourrisson, et je souris. Puis les vagissements se muent en gémissements avant de se taire.

J'ai envie de pleurer, mais Marguerite a déjà versé toutes nos larmes. Il n'en reste plus pour moi. Je m'entaille le poignet avec la dague. Une voix compte : un, deux, trois, quatre, cinq.

Je tamponne le sang avec l'ourlet de ma jupe noire, encroûtée de boue.

Les jours allongèrent, puis se mirent à raccourcir de nouveau. Marguerite et Damienne entretenaient un feu sur la grève et apercevaient parfois des voiles blanches à l'horizon.

Marguerite était persuadée que des marins et des pêcheurs avaient remarqué la fumée. Pourquoi ne s'approchaient-ils pas, alors ? Elle commença à se demander si les pêcheurs croyaient que des Indiens — ou des démons — allumaient ces feux pour les entraîner dans la mort.

Le visage de Damienne s'assombrissait et son dos se voûtait de plus en plus avec chaque bateau qui passait sans s'arrêter. Marguerite ne pouvait ignorer son inquiétude que la tragédie avait frappé la colonie, que les Indiens avaient tué les colons ou que les navires avaient coulé en emportant son oncle. Elle se convainquit jour après jour que s'il était vivant,

Roberval viendrait les chercher, et elle s'efforça d'en convaincre Damienne.

Fille bête. Le cœur noir de Roberval.

Je réponds :

—Oui, assez folle pour avoir confiance au cœur noir de Roberval.

Pourtant, Marguerite espérait toujours et priait pour qu'un navire s'arrête : « Ayez pitié de moi et entendez mes prières ! »

Espoir déraisonnable, prières déraisonnables. Gloussements, battement étouffé.

J'enlève mes mains des oreilles. On frappe à la porte. Je l'entrouvre à peine et j'aperçois Isabelle, son petit poing encore levé. J'avais oublié les filles.

—Madame de Roberval…

—Retourne en classe, j'arrive tout de suite.

Je referme rapidement la porte, je lisse ma jupe et j'attache mes cheveux en chignon serré sur ma nuque. Je n'ai rien préparé pour le cours d'aujourd'hui. Mais ce qu'elles savent importe peu, tout comme ce qu'elles ignorent. Elles ne choisiront pas leur destinée. Et plus leur père constitue en dot une somme élevée, moins elles auront de choix.

Des choix, Roberval ne lui en avait donné aucun. Mais Marguerite avait choisi et pendant trois mois, elle aima audacieusement et effrontément. L'amour. Elle en donna et elle en prit, jusqu'à ce que Michel la méprise.

L'amour. Le désir. La demoiselle déshonorante. La putain misérable.

Je m'écrie :

—Taisez-vous ! Elle n'était pas une putain.

Les voix me pourchassent, tandis que je descends l'escalier : *Comportement scandaleux. Perversité. Tueuse.*

Je m'arrête sur la dernière marche :

—Elle n'a tué personne. Moi non plus.

La culpabilité. Péché infâme. Il faut acquitter ses dettes.

Je m'appuie au mur pour reprendre mon souffle.

—Elle voulait seulement sauver son enfant. Et elle a acquitté sa dette. Marguerite a payé.

Lorsque j'entre dans la pièce, les fillettes ont la tête penchée. Seule Isabelle me regarde d'un air interrogateur. Elle ne sait pas encore ce qui l'attend. Elle ne sait pas encore qu'elle n'aura aucun choix, qu'elle est beaucoup trop intelligente pour être heureuse avec les décisions que son père et son mari prendront pour elle.

Je dis aux fillettes de continuer à s'exercer à raccommoder. Isabelle fait la moue. Plutôt que de prendre son aiguille, un brin de laine et son bas usé plein de nœuds, elle s'avance vers moi et me saisit la main. Elle semble inquiète en apercevant mes blessures. Je tente de les cacher en tirant sur ma manche.

—Madame de Roberval, pour la leçon d'hier soir, papa m'a lu dans la Bible l'histoire d'Abraham et d'Isaac sur l'obéissance à Dieu. Abraham était sur le point de tuer son fils, dit-elle avec hésitation et incrédulité en choisissant soigneusement ses mots.

Lorsque Isabelle se remet à parler, sa voix est douce comme si elle me révélait un secret :

—J'ai demandé à papa pourquoi Dieu voudrait cela, mais il m'a dit de me taire. Il m'a dit d'écouter et que je comprendrais. Vous, vous comprenez ?

—Comprendre quoi ?

—Pourquoi Dieu vous demanderait-il de faire un geste méchant ?

J'essaie de faire taire les grognements sourds : *L'obéissance. Obedientia. La volonté de Dieu. Koum-koum-koum.* Je lui réponds avec prudence :

—Nous devons obéir à Dieu comme tu obéis à ton père. Et faire tout ce qu'il nous demande.

—Même si Dieu nous demande de tuer quelqu'un?

—Oui.

—Mais qu'est-ce qui arrive s'il ne nous en empêche pas?

—Même dans ce cas-là, Isabelle.

Elle pose un doigt sur le menton, lève les yeux vers moi puis, sur le côté, le visage interrogateur:

—Mais comment sait-on que la voix qu'on entend n'est pas celle du Diable qui fait semblant d'être Dieu?

Les voix fredonnent: *La voix de Dieu, la voix du Diable. Koum-koum-koum. Kek-kek-kek. Tueuse. Péché infâme. Impardonnable.* Je m'entends lui répondre:

—On le sait, c'est tout. Prends ton bas, Isabelle, tu dois t'exercer.

—Mais…

—Vas-y!

Elle tourne les talons en boudant.

Je veux la saisir par les épaules et la forcer à me regarder. Je veux lui dire: « On le sait, Isabelle, parce que Dieu ne parle jamais. C'est Abraham qui a immobilisé son bras. Pas Dieu. »

— Il y avait de la nourriture en été: des oiseaux marins et des œufs, du poisson, des petits fruits, des moules, dis-je en réponse aux questions auxquelles j'ai déjà répondu. D'énormes poissons s'aventuraient dans les ruisseaux. Marguerite utilisait la lance. Elles fumaient et séchaient la viande. Elles trouvèrent une petite baleine échouée sur la grève.

Je suis à bout de souffle après avoir tant parlé.

—Et l'enfant? Comment en preniez-vous soin?

—Marguerite avait du lait, du moins durant tout l'été.

Elle enveloppait l'enfant dans des fourrures de lapin et de blanchon.

—Comme les Sauvages, dit Thevet pensivement en levant le doigt et le regard. Ils sont ingénieux quant au soin des jeunes enfants.

Il dessine en l'air avec sa plume, comme s'il l'avait vu de ses yeux :

—Ils les enveloppent dans quatre ou cinq peaux de martre cousues, puis les attachent à une planche trouée. Entre les jambes de l'enfant, ils installent un genre d'enton-noir fait d'écorce souple pour recueillir ses eaux et l'empê-cher de souiller son corps et la fourrure.

Il me regarde, moi, son public, et sourit :

—Ingénieux, non ?

Ses pensées reviennent à Marguerite :

—Si vous aviez tant à manger, pourquoi la vieille femme est-elle morte ?

Il n'arrive toujours pas à prononcer son nom.

—Elles ont eu de la nourriture pour l'été, mais il a fallu plus d'un an avant que le navire breton arrive à l'île.

—Je comprends, mais que s'est-il passé à l'automne ? réplique le moine qui ne comprend rien.

—Trop de choses, et trop peu.

Je serre les poings et mes ongles pénètrent dans mes paumes. Je les enfonce davantage. C'est une douleur que je sais comment ressentir.

Impatient, Thevet claque ses doigts potelés, comme s'il voulait me ramener d'un endroit éloigné :

—Ne me parlez pas en paraboles. Que s'est-il produit ?

—Elles ont baptisé l'enfant.

—Et qu'avez-vous utilisé en guise d'eau bénite, de saint chrême et de sel ?

—De l'eau de mer et de l'huile de phoque. Bénies par Dieu.

—Et le nom de baptême? me demande-t-il en ignorant mon sarcasme.

Je baisse les yeux et j'entends son soupir excédé.

—Quand est morte la vieille catin?

—Damienne, lui dis-je d'une voix forte, est morte le quatrième jour de novembre 1543. Quatre cent quatre-vingts jours après l'abandon de Roberval.

Frottement de la pierre sur la pierre.

—Comment? me demande Thevet sans lever les yeux.

—Elle a perdu pied et est tombée en bas d'un escarpement.

Je me laisse flotter au-dessus, glissant sur les ailes d'un corbeau. Je fixe mon regard sur les bougies et les plumes pour éviter de voir les images qui me viennent en rêve. Des os blancs. Un œil tourné vers le ciel rouge sang.

Je lis les mots qu'il a écrits : « Damienne, novembre, escarpement, baptisé ».

Le regard de Damienne s'éteignait davantage avec chaque navire qui passait sans s'arrêter, se tournait vers l'intérieur, s'abîmait, comme si son âme fuyait lentement. Marguerite et elle savaient qu'après le mois d'octobre, il n'y aurait plus aucun bateau jusqu'au printemps, au plus tôt.

Leur vie allait-elle se résumer à cette attente? Et celle de Michaëlle? Les trois seules, pour toujours?

Les deux femmes préparèrent des quantités énormes de nourriture en prévision de l'hiver : du poisson fumé, des baies, de la viande séchée et de la graisse fondue. Mais tandis que les jours raccourcissaient avec l'arrivée du temps plus frais, Damienne s'étiolait, sa peau élimée jaunissait et se tendait comme du parchemin sur ses os saillants et ses jointures enflées. Elle aidait encore Marguerite avec la petite, mais celle-ci ne la faisait plus sourire.

Damienne cessa de chanter et de parler, sauf à elle-même.

Après la naissance de Michaëlle, Damienne eut moins de visions de démons, mais tandis que les journées raccourcissaient, elle se mit à les apercevoir partout : dans les crevasses, derrière les rochers et les arbres, flottant au fond des mares sombres. Elle se mit, comme Michel, à parler du Diable et de la mort en marmonnant.

Elle regardait Marguerite en lançant d'un ton hargneux :

—Ils viendront nous chercher et les corbeaux arracheront toute la chair de nos os et nous crèverons les yeux. Votre désir, votre péché, votre culpabilité.

Son regard, comme celui de Michel, prit un éclat étrange et Marguerite craignait de laisser Michaëlle seule avec elle.

—Que faisait la vieille en haut de la falaise ?

D'en haut, je vois bouger mes lèvres :

—Elle cueillait des fruits.

—En novembre ?

—Oui.

Il n'y avait aucune baie sur l'escarpement. Le soleil se couchait lorsque Marguerite vit tomber Damienne. Ou plutôt sauter. Une silhouette noire contre le ciel rougeoyant. Trop tard, trop tard. Damienne plongea dans les rochers et les arbres avant que Marguerite puisse s'avancer vers le bas de la falaise. Le visage de la vieille femme était fracassé, méconnaissable. Toutefois, dans mes rêves, les jupes de Damienne se gonflent et elle dérive au vent comme une plume. Son visage rayonne et je vois bouger ses lèvres, mais je ne peux entendre ses paroles alors que je m'embourbe en tentant d'aller vers elle, les branches s'entortillent autour de mes chevilles et me font trébucher. Je n'entends que les voix

moqueuses : *Péché infâme, impardonnable. La culpabilité.*
Puis : *Un cadeau, un cadeau, un cadeau.*

Dans mon rêve, j'arrive toujours trop tard pour l'attraper.
Son œil mort, tourné vers le ciel rouge, m'accuse.

—Non, non, dis-je dans mon rêve, c'était le péché de
Marguerite, non le mien. C'était Marguerite, et non moi.

Je flotte et j'observe. Je m'entends dire au franciscain :

—Elle a laissé Marguerite seule avec le nourrisson.

Je suis trop agitée pour rester assise. Je fais les cent pas en
tambourinant mes doigts sur ma cuisse.

Marguerite avait vu ce qu'elle n'aurait pas dû voir et elle
se tenait debout, paralysée. Transformée en statue de sel
comme l'épouse de Loth. Elle n'était ni triste ni effrayée.
Plutôt furieuse. Et envieuse. Si elle n'avait pas eu sa fille, elle
aurait gravi la falaise et se serait précipitée, elle aussi, à côté
de Damienne.

Marguerite et Michaëlle, seules. Aucune autre voix que les
leurs.

Le ciel rougeoyant devint noir, les arbres et les rochers se
fondirent dans la mer. Le ciel se leva dans un monde vidé de
ses couleurs. Disque blanc dans un ciel blême au-dessus
d'une mer d'écume.

Des jours durant, Marguerite n'entendit rien comme si elle
se trouvait entourée d'un brouillard dense qui étouffait tous
les sons. Elle refusa de confectionner un linceul ou de trouver
une crypte. Elle refusa de lire son Nouveau Testament devant
la dépouille de Damienne, de prier et de pleurer. Elle laissa
reposer le corps rompu jusqu'à ce qu'il ne soit plus celui de
Damienne, jusqu'à ce que son œil accusateur ait été rongé,
jusqu'à ce que son cadavre à la chair grise et froide ressemble

à celle d'un phoque à demi gelé, échoué sur la grève. Elle laissa les restes et le sang aux corbeaux. Un cadeau.

Kek-kek-kek. La nourriture pour les corbeaux. Prouk-prouk-prouk.

Je regarde mes doigts, devenus des griffes de corbeaux. Je suis l'un d'eux maintenant, toute vêtue de noir :

— Et pourquoi les corbeaux ne devraient-ils pas manger ?

Ma tête s'emplit du bourdonnement des vers qui rongent la chair. Je frotte mon poignet et je suis surprise d'y sentir une cicatrice. Qui m'a fait cela ? Qui m'a blessée ?

Je m'effondre sur le banc et me couvre d'une couverture, trouvant un certain réconfort dans sa laine rêche. L'araignée besogne toujours au milieu de la pile de bois avec diligence et persistance, même si elle a déjà pris mon repas du soir : les asticots de Damienne.

Péché infâme. Impardonnable. La culpabilité.

— Non, c'est le péché de Marguerite, et non le mien.

L'araignée noue deux fils pour tisser son piège. Elle a encore faim, mais je me refuse à lui donner les papillons de Michaëlle. Elle aurait dû avoir des papillons avec des ailes de saphir et d'émeraude serties d'or. J'entends les gémissements d'un nourrisson s'éteindre dans le silence.

Fin novembre. Vent. Pluie glaciale. Neige. Les provisions de nourriture sont épuisées. Il ne restait plus à Marguerite que quelques lapins, goélands et perdrix rachitiques, des baies séchées, des moules, des buccins et quelques poissons qu'elle attrapait à l'hameçon ou au harpon. Marguerite mâchait des morceaux de viande pour les ramollir, en se faisant violence pour ne pas les avaler malgré la faim qui la tenaillait, afin de les donner à Michaëlle. Toutefois, les rondeurs du bébé fondirent au rythme du déclin du jour. Les seins de Marguerite se vidaient et bien que sa petite tétait sans relâche, elle hurlait de faim jusqu'à ce qu'elle s'endorme, épuisée d'avoir tant crié.

Décembre. Il ne restait que des fruits séchés, un peu de poisson et quelques moules, des algues et de l'écorce bouillie. Les seins plats de Marguerite ne donnaient plus une seule goutte de lait.

Marguerite tenait son Nouveau Testament au-dessus de Michaëlle et pleurait. Elle priait : *Je t'ai invoqué des lieux profonds, ô Éternel. Jusqu'à quand? Jusqu'à quand? Aie pitié de nous. Aide-nous, aide-nous, aide-nous.*

Ou laisse-nous mourir.

Elle réfléchissait, et priait, puis réfléchissait encore. Marguerite se concentra sur la Vierge et l'Enfant, et sur son intention de tout faire pour sauver son bébé. Enfin, sentant comme si elle n'habitait plus son propre corps, elle se vit utiliser la dague de Michel pour couper des morceaux dans le cadavre gelé de ce qui n'était plus Damienne. Marguerite ferma les yeux lorsqu'elle se vit déposer la chair dans la marmite noire pour la faire cuire, puis offrir le bouillon et les morceaux tendres à Michaëlle.

La culpabilité. Péché infâme. Impardonnable.

—C'est le péché de Marguerite, et non le mien.

Michaëlle avala, mais elle maigrissait de plus en plus jusqu'à devenir un petit squelette et ses yeux verts énormes qui fixaient devant elle, ses os aussi légers et fragiles que ceux d'un oiseau. Elle ne hurlait plus, elle gémissait, puis dormait en silence.

Le silence. La pénitence. Il faut acquitter ses dettes. Koum-koum-koum.

—C'est la dette de Marguerite, non la mienne.

Un matin, Marguerite ne parvint pas à réveiller Michaëlle : Dieu avait repris son cadeau.

Dieu en avait jugé Marguerite indigne.

Marguerite parvenait à peine à tolérer le poids de sa douleur et de sa culpabilité. Elle lava Michaëlle, embrassa son visage, puis enveloppa le petit corps dans une peau de phoque blanche pour la tenir au chaud. Lorsque le soleil se coucha et que le ciel se couvrit d'une teinte rosée harmonisée aux lèvres parfaites de Michaëlle, Marguerite déplaça les pierres obstruant la crevasse où elle avait déposé le corps de Michel, maintenant réduit à l'état de squelette, sans les doigts ni les orteils. Elle toucha sa bouche grimaçante, ses joues, les orbites vidées de leurs yeux, puis allongea Michaëlle à côté de lui.

Elle ne pouvait s'imaginer que les belettes et les visons grugent les os délicats de son bébé. Elle rampa donc dans la crypte pour la protéger. Marguerite s'allongea à côté de son enfant et de son mari.

— Pardonne-moi, Seigneur, priait-elle. Pardonne-moi. Je voulais seulement sauver Michaëlle.

Un psaume monta en elle et elle le murmura dans l'obscurité : Éternel, écoute ma requête… Ne me cache point ta face… Car mes jours se sont évanouis en fumée et mes os sont desséchés… Je suis devenue semblable au cormoran du désert. Je suis comme la chouette des lieux sauvages.

Je me réveillai le matin aux cris rauques des corbeaux mêlés aux voix et aux rires : *Quark-quark-quark. La grâce et la miséricorde de Dieu. Kek-kek-kek. Sauvée par notre grâce, non celle de Dieu. Koum-koum-koum.*

Les voix moqueuses savaient aussi parler avec douceur en exhalant un parfum de cannelle et de clou de girofle. *Marguerite est morte, mais tu dois survivre, Marguerite. C'est son péché, non le tien. Sauvée par notre grâce.*

Je me levai, regardai une dernière fois Michel, Michaëlle et Marguerite, puis replaçai les pierres pour sceller leur crypte.

Je m'éloignai d'eux tous. Je m'éloignai de leur péché infâme.

Dieu avait tourné le dos à Marguerite. Je tournai le dos à Dieu.

~~~⟡

— Éternel, notre Seigneur, que ton nom est magnifique par toute la terre. Ta majesté s'élève au-dessus des cieux…

Les fillettes se tiennent en rang au-devant de la classe. Elles récitent en latin, en marmonnant et en mêlant les mots. La voix d'Isabelle est la seule qui résonne. Elle parle clairement, d'une voix assurée. Les autres élèves la suivent, même si elle est la plus jeune. Isabelle est la seule à prononcer correctement en latin, malgré son zézaiement.

— Je contemple les cieux, ouvrage de tes mains, la lune et les étoiles que tu as créées. Qu'est-ce que l'Homme pour que tu te souviennes de lui? récitaient-elles d'un ton monocorde.

Les voix persiflaient: *Qu'est-ce que l'Homme pour que tu te souviennes de lui? Le silence. Koum-koum-koum. Jusqu'à quand, ô Éternel? Jusqu'à quand?*

Je tourne le dos et j'essaie d'ignorer les voix et les psaumes.

— Tu l'as fait un peu moindre que les anges et tu l'as couronné de gloire et d'honneur.

Après avoir terminé, les fillettes se dirigent en traînant les pieds vers la tablette pour prendre leurs tambours à broder, leurs aiguilles et leur fil. J'entends de faibles soupirs et le froissement des jupes sur les bancs.

Isabelle tire sur ma main:

— Madame de Roberval, avez-vous déjà vu un ange?

Je n'arrive pas à réprimer un rire sonore:

— Un ange? Non, jamais.

— Papa dit que maman est un ange maintenant et qu'elle est au paradis. J'aimerais la voir. Où se trouve le paradis, vous croyez?

—Je ne sais pas.

—Mon petit frère l'a tuée, m'explique-t-elle avec le franc-parler des enfants. Il est né mort. Il n'a pas été baptisé. Pensez-vous qu'il est au paradis avec elle?

—Je ne sais rien sur le paradis, Isabelle. Va chercher ton tambour et tes aiguilles.

—Papa croit que oui.

Elle se dresse sur la pointe des pieds et chuchote à mon oreille comme si elle voulait me révéler un secret. Elle veut que je me penche, ce que je fais, même si je ne veux pas connaître ses secrets ni ceux de son père.

—J'espère que non, parce que je le déteste. Est-ce que cela me rend méchante? confesse-t-elle en fronçant les sourcils.

Péché infâme. La perversité. Impardonnable.

J'inspire profondément:

—Non, tu n'es pas méchante, peu importe ce que tu souhaites.

꣠꣠꣠

Le franciscain lève les yeux:

—Pourquoi n'avez-vous pas enterré la vieille femme?

Pourquoi? La culpabilité.

Je couvre mes oreilles de mes mains et je fixe la flamme d'une bougie. J'y vois un teint de porcelaine, des lèvres en boutons de rose, deux petites dents perlées.

—Baissez les mains et dites-moi pourquoi vous ne l'avez pas enterrée.

Je laisse tomber mes mains sur mes cuisses:

—Marguerite économisait toutes ses forces pour son bébé.

—Alors, vous l'avez laissée à la portée des animaux?

—Cette chair n'était plus celle de Damienne.

La perversité. Péché infâme.

Il me regarde comme si j'avais la lèpre :

—Ses os gisent toujours là-bas ?

—Non.

Dispersés par les loups, les renards. Et les corbeaux.

Il hoche la tête comme s'il ne comprendrait jamais. C'est vrai, il n'y arrivera jamais.

—Que s'est-il passé après la mort de la vieille femme ? finit-il par me demander.

—Plus de nourriture. Et Marguerite n'avait plus de lait. Le bébé était affamé.

Les gémissements se fondaient dans le silence. Des os fragiles comme ceux d'un merle.

—Quand ?

—Le sixième jour de décembre. Cinq cent douze jours après l'abandon de Roberval.

Le frottement de la pierre sur la pierre.

—Avez-vous enterré l'enfant ?

—Marguerite a enseveli le bébé à côté de son père.

—Comment avez-vous survécu tout l'hiver sans nourriture ?

—Elle n'a pas survécu.

Il me fixe des yeux, la bouche tordue :

—Que voulez-vous dire ?

—Marguerite est morte.

—Morte ?

—Elle est morte et j'ai survécu.

—C'est impossible, murmure-t-il.

Ses yeux ont perdu leur dureté de marbre et luisent de crainte :

—Ce sont les démons qui vous font dire des choses aussi étranges ? Avez-vous fait des promesses au Diable ?

Je les entends, les froissements de plus en plus forts : *Huit cent trente-deux jours et huit cent trente-deux nuits. Seule durant trois cent vingt jours. Pourquoi? Pourquoi? Kek-kek-kek. Quark-quark-quark.*

—Non, Père, aucune promesse au diable, aucun démon.

Son péché et non le tien. Sauvés par notre grâce et non celle de Dieu.

Il parle lentement dans l'espoir de se calmer:

—Ils ne sont pas rares sur ces terres païennes. Les esprits malins tourmentent souvent les Indiens.

Il se tait, puis fait de grands gestes comme s'il essayait d'expliquer une notion difficile à un enfant. Ses propres mots le réconfortent:

—Lorsque je voyageais dans leur pays, les Sauvages se jetaient dans mes bras en criant: « Le mauvais esprit me bat et me tourmente. Aidez-moi, je vous en supplie! »

Je reste immobile, les mains croisées sur les cuisses. Il poursuit:

—Et sans attendre je les saisissais et je récitais l'Évangile de saint Jean qui les délivrait à tout coup de l'esprit du mal. J'ai exécuté ce geste des plus saints et des plus catholiques une centaine de fois au moins.

Thevet prend une plume, mais ne parvient pas à réprimer le tremblement de ses doigts:

—Je pourrais faire la même chose pour vous, Marguerite. Il n'y a aucune honte. Le Christ lui-même a chassé sept démons de Marie-Madeleine et elle est devenue sainte.

Il ouvre une Bible et se met à lire en latin:

—Au commencement était la Parole et la Parole était avec Dieu; et cette parole...

Je me jette vers l'avant et je montre les dents:

—Non, Père, les démons ne me tourmentent pas. C'est vous qui me tourmentez.

Il recule, les lèvres luisantes de salive.

Seule durant trois cent vingt jours et trois cent vingt nuits. Kek-kek-kek. Péché infâme. Il faut acquitter ses dettes.

Il poursuit sa lecture, la voix tremblante :

— Et la Parole était Dieu… En elle était la vie…

Je referme sa Bible d'un geste sec :

— Il n'y a aucun démon en moi.

J'étire la main et tiens ma paume au-dessus d'une chandelle et prononçant doucement :

— Les dettes sont acquittées. Elle les a payées.

Le moine me fixe, terrifié et confus. Il tape ma main pour l'éloigner de la flamme.

— Vous êtes folle, dit-il d'une voix rauque.

Quark-quark-quark. Kek-kek-kek.

Je me rassieds sur mon banc et frotte mon pouce sur ma paume rougie.

Il se signe lentement — du front au cœur, de l'épaule gauche à l'épaule droite —, puis inspire profondément avec un hoquet :

— Je me suis informé, et personne ne vous a vue pendant presque deux semaines après l'Épiphanie, l'époque où Roberval a été tué, dit-il avec une moue suspicieuse.

Il ne saisit pas l'ironie de la situation qui me fait sourire :

— L'Épiphanie est une période de révélation, Père, et non de dissimulation. Personne à Nontron ne me voit. Pas vraiment.

Je joins les mains pour cacher mes paumes. Il me dit, en lissant sa barbe :

— Ne me parlez pas en paraboles. J'ai appris que pendant près de deux semaines vous n'avez pas fait la classe aux fillettes.

— J'étais malade, confinée à ma mansarde.

—Malade ? De quoi ?

—La variole.

—Pourtant, il n'y a aucune cicatrice sur votre visage. Vous avez survécu vingt-sept mois sur l'île des Démons, presque une année toute seule. Aller à Paris pour tuer votre oncle ? Cela n'aurait été rien de compliqué pour vous.

—En fait, Père, cela aurait été un grand plaisir, si j'avais commis ce geste.

L'air chaud est lourd d'humidité et j'ai laissé la fenêtre ouverte. Plus tôt, j'ai déposé un morceau de poisson cru sur le rebord de la fenêtre : la queue et un peu de peau débarrassée des écailles. Je suis folle de partager ma nourriture avec la chatte, mais j'aimerais qu'elle revienne.

Je regarde la paume de ma main en me demandant si je devrais crever l'ampoule.

Je ne me souviens pas avoir été malade. Je ne me souviens pas non plus de l'Épiphanie, ni des routes défoncées et enneigées, ni de la foule dans les rues de Paris. Très souvent en rêve, je me tapissais dans l'ombre, puis j'en surgissais pour l'égorger. Ne me souviendrais-je pas de la satisfaction de sentir son sang collant sur mes mains si je m'étais réveillée ?

Ricanement profond : *un instrument de justice... ou de meurtre ?*

—C'était la justice, pas un meurtre, mais ce n'était pas moi.

La vengeance. Il faut acquitter ses dettes.

—Oui, mais ce n'est pas moi qui ai obtenu satisfaction.

La vengeance. La justice. Le meurtre.

Je pense à l'inconnu au visage marqué et lui dis :

—Beaucoup de personnes souhaitaient sa mort. Le

meurtrier est peut-être un des colons de Roberval.

M'a-t-il visité ou était-ce seulement un rêve ? Je vois la lueur de l'or et de l'argent, j'entends le « clic, clic » des pièces.

La vengeance. La meurtrière. La culpabilité.

Lui ai-je donné de l'argent pour qu'il tue Roberval ?

Peut-être bien. Mais je sais qu'on ne peut pas toujours avoir confiance aux voix. Ce sont elles qui m'ont ressuscitée grâce à leurs rires et à leurs murmures, elles qui m'ont ramenée à la vie pour me tenter, me harceler et me rappeler : *n'oubliez pas.* Elles m'ont suivie lorsque je me suis levée pour quitter la crypte : des volutes de saphir, de rubis, d'émeraude et d'onyx. Portant le doux parfum d'épices, elles s'enveloppèrent autour de mes épaules, s'emmêlèrent dans ma chevelure et se suspendirent à mes oreilles. *N'oubliez pas. Sauvée par notre grâce et non celle de Dieu. Son péché et non le tien.*

Je ne craignais pas ces voix. Que pouvaient-elles me faire ? Mourir ne me faisait pas peur. Dieu ne me faisait pas peur. Rien ne me faisait peur.

Parfois, lors des froides nuits sans lune, je distinguais les voix dans le ciel : azur, jade et ambre. Des danseuses vêtues d'un voile scintillant sur une scène noire parsemée de diamants. Je pouvais entendre leurs chuchotements qui tourmentaient, accusaient, réconfortaient, trompaient. Je criais en direction du ciel noir en guise de réponse à leurs railleries et à leurs reproches.

Lorsque je m'éloignai de Marguerite et de sa faute, je ne craignais ni les crocs blancs voraces de la mer ni les violentes griffes rouges du vent. Qu'on laisse leur rage déferler sur moi, je ne m'en préoccupais pas.

La nuit, j'apercevais de l'entrée de la grotte les yeux cuivrés des loups et j'entendais leurs mouvements furtifs à travers les branches entrecroisées. Leurs hurlements et leurs glapissements transperçaient le crêpe noir de la nuit comme des aiguilles d'argent, mais je n'avais pas peur. Ils reconnaissaient dans mon regard une parenté sauvage et se tenaient à distance respectueuse.

Je ne craignais pas les corbeaux. Marguerite les fuyait, ces « oiseaux de la mort », ces « augures du diable » comme elle les appelait. Je les laissais venir à moi et les considérais comme mes complices. Comme moi, ils n'avaient peur de rien et se moquaient de tout. J'ai appris leur langage irrévérencieux de croassements, murmures et ricanements : *Quark-quark-quark. Prouk-prouk-prouk. Koum-koum-koum. Cark-cark-cark. Kek-kek-kek.* Je leur répondais avec une voix aussi rauque que la leur.

Même maintenant — si jamais je le souhaitais —, je pourrais raconter l'histoire de Marguerite plus facilement et plus sincèrement dans le langage des corbeaux qu'en utilisant les mots tordus et traîtres des Hommes.

J'entends un bruit sourd. La chatte a sauté sur le rebord de la fenêtre. Tentant d'adoucir mon regard sauvage, je l'enjoins à rester. Elle inspecte la pièce du regard : la petite table, l'âtre, la marmite noire, le lit étroit puis, pour terminer, mon visage. Les fentes noires s'élargissent pour laisser filtrer des yeux couleur de serpentine. Elle saisit le morceau de poisson et s'enfuit d'un bond, avant que je puisse me lever et passer mes doigts dans son long poil irrégulier, doux et emmêlé, mouillé par la pluie.

J'allume une bougie en cire d'abeille pour chasser la noirceur.

Le frottement de la pierre sur la pierre. Chaque matin, j'ajoutais une ligne à celles que Marguerite avait tracées, mais je ne me préoccupais plus de savoir la date. Et chaque jour, sauf lorsque les vents sauvages et la neige me forçaient à demeurer dans la grotte, je marchais en suivant les corbeaux partout où ils me menaient, sauf près de la falaise de laquelle Damienne était tombée.

J'arpentai l'île d'un bout à l'autre en compagnie des corbeaux. J'en suivis le périmètre, j'allai sur les hauteurs et les profondeurs, parfois en marchant péniblement sur les rochers balayés par le vent, parfois en m'enfonçant dans la neige épaisse. Je comptai les pas : cent cinquante-six de la grotte au point d'eau fraîche le plus proche, huit cent quatre de la grotte à la crique où Michel avait érigé les abris de toile, neuf cent quatorze de la grotte au bord de l'eau, neuf cent quatre-vingt-deux du sommet à la mer.

Lorsque la mer gela, je traversai des collines et des vallées de glace à la dérive dont les bords acérés transperçaient les semelles des bottes de Michel. Quatre cent douze pas de mon île à la suivante.

Je n'y découvris rien d'autre que plus de pierres et d'arbres, de neige et de glace.

Tandis que je marchais, les corbeaux jouaient dans la neige, s'y baignaient, y plongeaient, s'en lançaient à pleines becquées avant de se secouer. Ils se moquaient du froid, de la glace et du vent transportant la neige fondue. Ils se moquaient de la faim. Ils claquaient le bec, volaient haut dans le ciel avant de descendre en spirale, parfois seuls, parfois en paires, tournant autour l'un de l'autre. Ils jacassaient sans arrêt entre eux et avec moi : *Quark-quark-quark. Prouk-prouk-prouk. Kek-kek-kek.* J'appris leurs noms : Kyrie, Prikou, Karkaé, Quakaa, Konkari. Je ne pouvais distinguer les mâles des femelles et ils ne me le dirent pas. Curieusement, cela me plaisait.

Par temps clair, le soleil réchauffait la grande pierre plate rouge à l'entrée de la grotte. De là, Marguerite surveillait le bord de l'eau, espérant l'arrivée d'un navire à la voilure blanche. Je faisais le guet, mais j'attendais pour rien.

Je m'asseyais sous le soleil imperturbable pour observer les mutations de bleus et de verts sur la glace et la mer. J'étudiais les ocres, les gris et les roses de l'arête de pierres solide le long de la grève et des falaises élevées derrière moi, tracées comme avec la peinture à l'huile d'une artiste avec d'étranges taches de noir marbré et de vert clair. J'écoutais la mélodie de la glace qui grince, craque et gronde.

J'étais la souveraine de tout ce que je voyais : la reine de l'île des Démons qui a pour seuls sujets les moineaux et les goélands piaillant, les souris et les lapins silencieux. Les corbeaux et les voix, toutefois, ne se plièrent jamais à ma volonté. Ils étaient mes compagnons, plutôt que mes sujets, et ne se taisaient jamais, mêlant leurs voix, s'interrompant. Le silence que Marguerite avait connu me manquait parfois.

Je ne craignais pas les visites de Damienne, mais je ne les accueillais pas non plus. Elle venait souvent à moi, presque toutes les nuits pendant plusieurs semaines. Elle venait s'asseoir trop près du feu, le visage et le corps toujours squelettiques comme si, dans la mort, elle ne parvenait plus à se réchauffer. Elle remuait les lèvres en marmonnant, comme si elle aussi écoutait les voix et discutait avec elles. Elle m'accusait du regard en me montrant les blessures saignantes sur ses mollets.

— Pars d'ici, je ne suis pas elle, lui disais-je.

— Péché, Marguerite, péché infâme, me sifflait-elle.

Je répétais inlassablement les mêmes paroles :

— Marguerite voulait simplement nourrir Michaëlle, Michaëlle que tu aimais, et elle a payé pour ce qu'elle a fait. Je ne suis pas elle.

— Péché, Marguerite, péché infâme.

—Son péché, et non le mien.

—Vous n'avez pas enseveli mes ossements. Vous les laissez s'entrechoquer et bouger au vent. Vous laissez les corbeaux danser sur mon squelette.

Damienne grelotta et mit ses mains dans le feu, mais sa chair ne brûla pas.

Les voix perchées sur mes épaules murmuraient : *Le saut. Le suicide. Impardonnable.* Elles me donnaient du courage et je dis :

—Et ton péché à toi, Damienne ? Tu n'es pas tombée, tu as sauté.

—Ils m'ont poussée.

—Qui ?

—Les démons.

—Il n'y a pas de démons.

—Péché, Marguerite, péché impardonnable.

—Elle est morte, je ne suis pas elle.

J'entends encore les voix : *Péché impardonnable. La perversité. Impardonnable. Il faut acquitter ses dettes.*

Je réponds :

—Son péché, et non le mien. Je ne suis pas elle.

J'allume une autre bougie et je cherche un morceau de fromage à mettre sur le bord de la fenêtre, mais je ne trouve rien, rien sauf la plume d'ébène. Je la tiens au creux de ma main et je me souviens. Ce souvenir est le mien, pas celui de Marguerite, et c'est le seul que je choisis.

Je n'avais pas peur de mourir et, pourtant, je me battais pour vivre. Comme la poudre avait perdu son efficacité, je n'emportais plus le lourd mousquet. Je ne pouvais plus tirer sur les rares chevreuils que je voyais mais, de temps à autre, je réussissais à capturer des perdrix, des goélands et des lapins grâce à mon filet. Je taillais des trous dans la glace des étangs pour pêcher. J'avais tellement faim parfois que je mangeais le poisson sans prendre la peine de le cuire : écailles, arêtes, entrailles, tout. Je faisais bouillir les mêmes vieux os à répétition jusqu'à ce qu'ils ne rendent plus rien, puis je jetais dans la marmite du cuir et des algues. Je recueillais l'écorce interne et les bourgeons des arbres, je faisais mijoter des herbes roussies pour en tirer du bouillon. Je creusais des trous dans la neige pour trouver les rares baies qui m'avaient échappé l'automne précédent. Je déterrais des racines au moyen de la hache et de la dague, mais la terre gelée était ingrate.

Je suçais de petites boules de résine durcie que je cueillais sur l'écorce des arbres. Je suçais même de petits cailloux et des coquillages simplement pour avoir quelque chose dans la bouche. Mais je ne retournai pas à la dépouille de celle qui n'était pas Damienne.

Je me rendis compte que tout était vrai. Et faux. Tout avait de l'importance, ou pas du tout. Les corbeaux, ma faim, le vent et la mer, la neige, les rêves et les visions, les rochers et les arbres. Les voix. Tout cela, c'était ma vie. Tout cela, c'était ma mort. Aucun ange, aucun démon. Il n'y avait que les esprits de cet endroit. Ni bien ni mal.

Les corbeaux me guidèrent vers la charogne : une carcasse de loup-marin dont la décomposition avait été interrompue par la neige et la glace ; des os de chevreuils auxquels il restait des morceaux de chair ; des têtes de poissons ; des coquilles de moules et de buccins ; des carapaces de crabes. Tête inclinée, les corbeaux m'observaient de leurs yeux noirs perspicaces, puis fermaient leurs paupières blanches et me permirent de manger à côté d'eux qui choisissaient et fouinaient, murmuraient et marmonnaient. *Koum-koum-koum. Kek-kek-kek.*

Je les suivais partout, sauf là où gisaient les ossements de celle qui n'était pas Damienne.

Un matin suivant une nuit de pleine lune, plusieurs semaines après la mort de Michaëlle ou peut-être un mois ou deux après — je ne m'en souviens plus et cela n'a pas d'importance —, les corbeaux me menèrent au sommet rocheux derrière la grotte. Une crevasse longue et large d'environ trois pas avait été débarrassée de la neige et de la glace. Un gros paquet, emballé dans du cuir et recouvert d'une fine couche de neige fraîche, se trouvait au fond.

Je crus d'abord à un mirage. Je regardai les corbeaux qui clignèrent des yeux et se déplacèrent sur le roc nu, déployant et agitant leurs plumes noires avant de les lisser à nouveau. *Koum-koum-koum.*

Je m'agenouillai et enlevai la neige. Sur le dessus du paquet se trouvait un petit sac de soie rose noué avec un fil délicat. Je m'assis sur les talons, stupéfaite : le tissu provenait de la robe de Marguerite. Quelque part sur l'île se trouvait un homme ou une femme ! Un Indien ou un esprit. J'observais la neige fraîche, mais il n'y avait pas d'autres empreintes que les miennes et celles des corbeaux.

Les doigts gourds, je dénouai le fil, puis je lissai l'étoffe froissée du plat de la main. Au centre du carré se trouvaient des copeaux secs qui sentaient l'écorce, les feuilles et la terre. Du thé ? Un remède ? Du poison ?

Je mis les copeaux de côté, je saisis la dague de Michel, puis je me ravisai et décidai plutôt d'ouvrir soigneusement le gros paquet. La peau foncée était l'envers d'une fourrure blanche lustrée. Une épaisse tresse d'herbe parfumée était déposée sur des feuilles d'écorce mince sous laquelle je trouvai des tranches de viande séchée, du poisson fumé et un petit panier rempli d'un mélange de graisse et de baies séchées. Les coutures sur le panier d'écorce étaient régulières et méticuleuses. Un motif fluide composé de fleurs, de feuilles et de vigne avait été gravé sur le bord. Qui avait confectionné le panier avec tant de soin ? Qui avait laissé ce cadeau ?

Un cadeau. Un cadeau. Koum-koum-koum.

J'ignorais si les mots provenaient des voix ou des corbeaux, j'ignorais si je rêvais, mais je m'en moquais. Je déchirai des morceaux graisseux du poisson fumé et les mangeai. Avant même d'avoir avalé, je mordis dans la viande coriace, puis je mastiquai longuement. La salive coulait sur mon menton et l'effort me donnait mal aux dents et à la mâchoire. Je plongeai les doigts dans le mélange de fruits et de graisse et le portai à ma bouche. Je ne pouvais arrêter de manger et je me fichais de savoir si la nourriture était empoisonnée ou non.

Les corbeaux s'impatientaient sur leur perchoir rocheux et leurs griffes grattaient le roc. L'un d'eux lança des « *Quark!* » sonores, d'autres des « *prouk-prouk-prouk* ». Je compris et je déposai des fragments de poisson fumé. Kyrie approcha et vola autour du poisson en se pavanant majestueusement, comme un gentilhomme ou une dame de la cour, puis en prit un petit morceau. Comme s'ils attendaient ce signal, les autres oiseaux approchèrent et saisirent les lambeaux de poisson dans la neige, ne laissant que les empreintes de leurs pattes et de leurs ailes.

Je rangeai ce qui restait de nourriture dans la peau, je nouai le paquet avec des tendons, puis je suivis les corbeaux jusqu'à ma grotte. Je rêvai de plumes d'ébène et Damienne ne vint pas me visiter.

Je me détourne de la chandelle et je vois des yeux verts iridescents. La chatte et moi nous toisons du regard. Elle place ses membres d'en avant sur le rebord de la fenêtre et inspire tout en m'observant. Elle s'assied, se lèche la patte et la passe sur son visage et ses moustaches.

Je fais un pas, mais elle est déjà partie.

Isabelle entraîne son père dans la classe et ferme la porte derrière elle. Elle annonce avec fierté, en regardant ses compagnes :

—Madame de Roberval ? Papa aimerait vous parler concernant mon latin.

Lafrenière m'observe de près, ainsi que les élèves, mais ses boucles foncées, fort semblables à celles de sa fille, adoucissent son visage sérieux.

—Madame de Roberval, je me présente : monsieur Lafrenière, me dit-il d'un ton officiel en posant une main sur son doublet noir et en inclinant la tête. Ses manchettes de lin blanc sont élimées.

J'ai déjà rencontré le père d'Isabelle et je sais que sa famille, bien que noble, est aussi pauvre que celles de Marguerite et de Michel. Isabelle m'a également informée de la chose suivante : Lafrenière a fait des lectures sur Jean-François de la Roque, sieur de Roberval, ainsi que sur André Thevet, cosmographe du roi.

Je lui demande crûment :

—Vous n'aimez pas qu'Isabelle étudie le latin ?

—Au contraire, je suis tout à fait d'accord. Isabelle doit apprendre tout ce dont elle est capable. Et je crois qu'elle a de grandes aptitudes.

Gonflée d'importance, Isabelle se tient droite à côté de son père.

—Je ne tolérerai pas qu'elle soit entravée par... par une

éducation *limitée,* ajoute Lafrenière en faisant une pause pour être sûr que j'ai bien compris.

J'ai bien saisi. Mon opinion sévère envers lui s'adoucit, mais à peine. Lafrenière ressemble au père de Marguerite. Il se prive pour pouvoir acheter des livres, du papier, de l'encre et des bougies à sa fille. Il partage avec elle ses paroles et ses idées. Isabelle parle souvent de géographie, d'alchimie et de Dieu. Elle reprend les conversations qu'elle a eues avec son père. Par contre, je me méfie : je crains que Lafrenière soit venu me demander d'enseigner à la petite à prier en latin.

— Pour apprendre le latin, poursuit-il, Isabelle doit faire plus que mémoriser une liste de mots. J'insiste pour qu'elle maîtrise la conjugaison, les déclinaisons et la syntaxe. Puis-je jeter un coup d'œil sur la grammaire latine que vous utilisez ?

— Bien sûr, dis-je en lui indiquant le livre.

Il prend le petit ouvrage et le caresse. Ses traits s'adoucissent et j'ai l'impression qu'il s'en faut de peu pour qu'il embrasse l'image repoussée sur la couverture de cuir. Ses mains aux ongles propres et bien taillés tournent lentement les pages en papier vélin, en prenant soin de ne pas les déchirer ni les froisser.

— Bien, murmure-t-il en ajoutant en latin *bene.*

Il finit par déposer le livre et me regarde, comme si ses pensées se portaient maintenant sur Marguerite.

Je me demande ensuite si ses inquiétudes à propos de l'apprentissage de sa fille ne seraient pas plutôt une ruse pour venir voir de plus près la créature qui a vécu sur l'île des Démons. Lafrenière utiliserait-il Isabelle pour satisfaire ses propres intérêts lubriques ? Peut-être a-t-il insisté pour qu'elle m'interroge au sujet de l'île.

Je ne tente pas de mater la sauvagerie tapie dans mes yeux.

Il a perdu toute confiance en lui. Il lisse sa barbe bien taillée et s'avance vers moi, trop près. Il sent la terre et les feuilles de chêne brun-roux. Il s'adresse doucement à moi :

— Madame de Roberval, mon frère connaissait monsieur de Roberval…

Isabelle le corrige :

— Votre demi-frère, et mon demi-oncle.

Je recule. Les confidences chuchotées de Lafrenière ne m'intéressent pas du tout. La plupart des nobles savaient qui était Roberval : il a charmé, et utilisé, un grand nombre d'entre eux.

Lafrenière regarde Isabelle, puis moi. Mon manque de curiosité le désarme. Je ne l'aiderai pas. Je ne répondrai à aucune autre question au sujet de Roberval, de Marguerite ou de moi.

Il redresse les épaules et tire sur l'ourlet de son doublet, puis dit à sa fille en s'éclaircissant la voix :

— Je dois m'en aller. Apprends bien tes leçons.

Il salue de la tête sèchement, puis sort.

J'annonce à mes élèves :

— Vous ferez *toutes* de la broderie ce matin.

— Madame de Roberval, me demande Isabelle, puis-je étudier le latin, s'il vous plaît ?

— Non.

Sa déception n'est pas sans me satisfaire.

Elle saisit ma main. Son petit doigt tâte l'ampoule dans ma paume.

— Que s'est-il passé ? m'interroge-t-elle d'un air malicieux.

Sans attendre ma réponse, elle laisse tomber ma main et s'en va de mauvaise humeur pour prendre ses aiguilles, son fil et son tambour.

Je ferme la main pour couvrir l'ampoule. Je n'ai plus mal. Je ne sentais pas de douleur à l'époque non plus. Seulement un froid atroce.

Je ne pouvais pas gaspiller de la graisse pour en enduire mes mains. Elles gerçaient et saignaient, mais tout ce que je ressentais, c'était le froid. Ma vie se résumait à trouver de quoi manger et à marquer chaque jour qui s'écoulait d'un trait sur la paroi de la grotte. Ma vie se limitait aux corbeaux et aux voix. Michel et Michaëlle ne me manquaient pas. Je n'espérais pas être sauvée. Je ne m'intéressais plus à Roberval ni à ses navires.

Je ne recherchais plus que la nourriture et la chaleur, et je voulais rencontrer la personne ou la chose qui avait laissé les provisions et le ballot enveloppé de soie.

Les bouts de doigts d'Isabelle sont déjà rougis par les piqûres d'aiguilles. Elle fait des points longs et inégaux, et son carré de lin est taché de la sueur de ses mains.

Je cède, aussi ennuyée qu'elle par la broderie, et lui annonce :

— Tu peux faire du latin maintenant.

Elle m'adresse un large sourire et se précipite sur le manuel de grammaire. Elle arrête brusquement, essuie ses paumes moites sur sa jupe et résiste à l'envie de toucher au livre. Elle sautille jusqu'à ce que je l'ouvre pour elle.

— Étudie le vocabulaire pour le moment, puis peut-être la conjugaison.

Isabelle lit la page et tente de prononcer adéquatement malgré ses dents à demi poussées :

— *Juch, jurich…*

Je répète en la corrigeant :

— *Jus, juris.*

— *Lex, legiche.*

—*Lex, legis.*

—Caesar ! « Expedition ! » s'exclame-t-elle, fière d'avoir reconnu un mot. Comme « expédition » en français !

—On dit « *expeditio* » en latin.

—Est-ce que c'était vraiment, vraiment horrible ?

Le visage impassible, je pointe la grammaire latine du doigt. Je refuse d'écouter les questions que son père autoritaire lui a demandé de me poser. Et je n'y répondrai certainement pas.

Résignée, la petite se penche à nouveau sur la page. Au bout de quelques instants, elle chuchote :

—Comment c'était de vivre toute seule ? Moi, j'aurais eu peur.

—Ton latin, Isabelle, étudie ton latin.

Elle me regarde d'un air faussement timide :

—Comment dit-on « Indien » en latin ?

Je lui rétorque sèchement :

—Je ne sais pas. *Barbarus*, peut-être.

—*Barbaruche*, répète-t-elle doucement avant de pencher la tête pour mémoriser son vocabulaire.

Le lendemain de la pleine lune suivante, les corbeaux me menèrent vers la crevasse où se trouvait un deuxième paquet de provisions. Il y avait un autre ballot de soie rose rempli des copeaux. Je cherchai des pistes mais, ce jour-là, encore, je ne remarquai rien d'autre que mes empreintes et celles des oiseaux.

Qui avait laissé ces cadeaux ? Un esprit qui me tendait un piège comme j'en tendais aux goélands ?

Peu importe. J'avais beaucoup trop faim et beaucoup trop froid pour négliger la nourriture et les chaudes fourrures.

Je commençai à me sentir observée. Quelqu'un — ou quelque chose — savait que j'étais ici. C'est sans surprise que je trouvai ce sentiment plus rassurant que menaçant.

À l'approche de la pleine lune suivante, les corbeaux me persuadèrent de me cacher près de la crevasse. Enveloppée dans les peaux laissées avec les premiers paquets, je fis le guet durant plusieurs jours et plusieurs nuits, en compagnie des oiseaux. Pourtant, nous avons failli le manquer.

Il arriva au crépuscule, se matérialisant silencieusement dans la brume. L'inconnu à la haute silhouette portait des vêtements de cuir épais et foncés et transportait un ballot semblable aux deux premiers. Je regardai autour, me demandant si ses congénères surgiraient du brouillard pour me tuer ou me capturer, mais il ne semblait y avoir personne d'autre. Lui seulement.

Accroupi un genou au sol, il balaya la neige de la crevasse et y déposa le paquet. Lorsqu'il enleva son capuchon, je vis son visage lisse et bronzé, ni beau ni effroyable. Une plume noire fixée au sommet de sa chevelure foncée ballottait dans le vent léger en faisant un frottement qui accompagnait ses murmures. Il parlait doucement, les yeux tournés vers le ciel. Puis il se mit à chanter d'une mélodie chevrotante que je n'avais jamais entendue auparavant. Les corbeaux écoutaient, tête inclinée, les plumes brillantes, et paisibles comme s'ils reconnaissaient sa voix et sa mélopée. Comme s'ils le connaissaient, lui.

De petits doigts touchent la paume de ma main. Isabelle halète, l'air inquiet :

— Madame de Roberval, que s'est-il passé ?

— *Nihilum.*

— Rien ?

— Continue ta leçon, lui dis-je en tournant la page.

Elle regarde l'ampoule, puis lit la grammaire :

— *Nihilum,* répète-t-elle sans assurance. *Silentium, solitudo.*

J'observais la silhouette agenouillée, sa tête penchée maintenant. Un Indien ? Un esprit ?

Qui, ou quoi, croyait-il que j'étais ? Un démon ? Un être qu'il pouvait apaiser avec des offrandes ? Ou bien savait-il que j'étais simplement une femme dans le besoin ?

Mon état d'engourdissement et d'insensibilité disparut. Je sentis une douleur insoutenable. Je voulais qu'il vienne vers moi — pour m'aimer ou me tuer —, mais qu'il ne me laisse pas seule. Pas seule.

Je m'avançai, l'implorant :

— Restez ici, s'il vous plaît ! Ne partez pas !

Il leva brusquement la tête, étonné, mais non effrayé. Toujours un genou par terre, il m'observa comme s'il attendait que je m'adresse de nouveau à lui.

Je fis un autre pas dans sa direction.

— Restez ici, répétai-je en tendant une main.

Je voulais le toucher, m'assurer qu'il était un homme.

Il plaça devant lui les copeaux secs qu'il tenait dans sa paume. Il se leva, murmura quelques mots, puis recula lentement en hochant la tête et en prononçant des paroles que je ne comprenais pas. J'essayai de le suivre, mais il s'évanouit dans la brume comme un spectre.

Il faisait sombre. Le brouillard recouvrait la lune et je ne pouvais pas le pister. Le lendemain matin, sa trace, si jamais il y en eut une, avait disparu sous une couche de neige. Je me sentis abandonnée, même si je croyais avoir peut-être imaginé ou rêvé sa venue.

— *Desolatio*, zézaie Isabelle

— *Desolatio*.

Je répète en pensant au paquet de nourriture surmonté du ballot de soie rose. Et je me rappelle la plume d'ébène.

— Le Diable est très actif auprès des indigènes là-bas, me dit le franciscain en se penchant vers moi. On pourrait comprendre que des démons vous aient tourmentée lorsque vous étiez seule.

Il sourit d'un air conspirateur et plein d'attente, comme si ses cajoleries pouvaient m'inciter à partager des secrets, et me chuchote :

— En effet, le Diable ensorcelait les Indiens à tel point qu'ils croyaient que ceux qui meurent disparaissent en fumée et que l'âme se change en vent, en corbeau ou en ours.

Car mes jours s'évanouissent en fumée… Je suis comme la chouette des lieux sauvages. Koum-koum-koum.

— Avez-vous vu des Indiens pendant que vous étiez sur l'île ?

— Non, elle n'en a pas vu.

— Aucune trace de pas, aucun signe ? Rien qui permettrait de conclure que quelqu'un vivait ou voyageait près de l'île ?

— *Nihilum.*

— *Nihilum ?*

— C'est en latin, Père. Cela veut dire « rien ».

Thevet lisse sa soutane sur son ventre, puis prend une plume. J'entends le frottement et je me rappelle une autre plume, noire à reflets violets, qui ballottait au vent.

Je ne pensais qu'à lui. Je ne sentais ni la faim ni le froid. Je ne cessais de me tourmenter sur son identité : homme ou esprit. J'attendais tous les soirs près de la crevasse en tenant les copeaux dans la main, comme je l'avais vu faire. J'aspirais les odeurs aromatiques lourdes et je souhaitais désespérément sa venue. Tous les matins, je vérifiais s'il y avait un paquet, puis je partais à la recherche de pistes. Les corbeaux m'accompagnaient, mais ils ne pouvaient pas, ou ne voulaient pas, me guider jusqu'à lui.

Je rêvais à lui chaque nuit, éveillée ou endormie.

Les voix persiflaient : *Le sauvage ou l'esprit. Le comportement scandaleux.* Et m'encourageaient : *L'amour et le désir. Le compagnon.*

Je rêvais qu'il venait à moi et me touchait, comme Michel avait caressé Marguerite. Je sentais ses lèvres sur les miennes, son souffle chaud sur ma nuque. Je voyais mon visage reflété dans ses yeux acajou. Mes mains sur mes seins et mes cuisses devenaient ses mains. Mes doigts se glissaient sous les vêtements en peau de chevreuil pour explorer son corps. Je me réveillais en respirant son odeur, semblable à la mousse dont il était issu.

Lorsque je l'aurais retrouvé, nous nous serions installés sur l'île, seulement lui et moi. Nous aurions utilisé le langage du toucher et les appels des corbeaux. Nous n'aurions eu aucun besoin de mots, mais j'aurais appris ses prières et j'en aurais adressé une aux esprits de ce lieu.

Thevet tapote la pointe de sa plume sur la feuille, un « tap-tap-tap » continu. Je lève les yeux et aperçois une belette blanche sur son épaule qui agite sa queue au bout noir. Elle montre ses dents acérées en remarquant l'impatience du moine. Il me dit :

—C'est étrange qu'il n'y avait pas d'Indiens sur l'île. Même au printemps, lorsque les loups-marins y sont ?

—Non.

—Ils sont très compétents pour utiliser ces animaux. Les Indiens sont très intelligents, Marguerite…

Il se met à m'expliquer encore une fois comment les indigènes se servent des phoques pour s'habiller et se nourrir. Je fais semblant de l'écouter.

Je m'éveillai une nuit en entendant mon nom. Je me redressai avec peine en regardant autour de moi dans la pâle lumière provenant du tas de charbon.

C'était Michel, si fort, si robuste, les joues roses, le sourire éclatant. Il se pencha pour caresser mon visage.

—Marguerite, me murmurait-il, je t'aime.

Je tressaillis et m'éloignai :

—Non, je ne suis pas elle.

Il ne sourit plus :

—Tu es une putain. Tu m'as trompé.

—Marguerite t'aimait. Pas moi. Retourne d'où tu viens.

Il ouvrit les lèvres et révéla un rictus malveillant semblable à celui d'un crâne.

—Je viens de nulle part, me dit-il, et tu me suivras, débauchée déloyale.

Je répliquai :

—Tu m'as été infidèle. À moi et à Michaëlle. Tu n'as pas voulu te battre pour vivre.

—Michaëlle? Je ne connais aucune Michaëlle.

Je le giflai. J'eus la sensation de frapper une grenouille. Et puis il disparut, comme la flamme d'une bougie qu'on souffle.

—Ils boivent l'huile rougeâtre avec leur repas…

Juste avant la pleine lune suivante, j'emballai dans une retaille de soie rose une bague surmontée d'une perle que Marguerite avait conservée dans sa malle. Je nouai le tissu avec un tendon et je déposai le petit paquet dans la crevasse. J'espérais que le bijou lui démontrerait, à cet homme ou à cet esprit, que je n'étais qu'une femme.

Je m'inquiétais : se présenterait-il ou l'avais-je fait fuir? Continuerait-il à m'apporter des provisions lorsque les phoques, puis les canards et les oiseaux marins, seraient arrivés?

Croyait-il que je n'avais faim que de nourriture?

J'attendis. Il vint enfin, émergeant encore du brouillard. Je voulus me précipiter vers lui, mais je me retins. Il déposa son offrande et prit mon petit paquet en soie. Il le déballa sans hâte, puis mit la bague dans sa paume. La perle brillait comme une pleine lune pâle. La plume dans ses cheveux dansait dans la brise.

Je m'avançai, les mains jointes comme en prière. Je parlai d'une voix douce, mais insistante :

—S'il vous plaît, je vous en prie, emmenez-moi avec vous… Ou venez avec moi. Ne me laissez pas seule.

Les mots de Thevet pénètrent dans mes oreilles tandis qu'il continue sa leçon :

—Ces indigènes qui vivent sur la terre ferme vers Baccaleos sont méchants et cruels. Pour s'enlaidir, ils cachent leur visage, non pas avec des masques ou du tissu, mais avec de la peinture de différentes couleurs, surtout le bleu et le rouge.

Les corbeaux murmuraient et marmonnaient : *koum-koum-koum, koum-koum-koum.* J'ouvris la main pour lui montrer les morceaux d'écorce séchée. Ses yeux foncés, aussi perspicaces que ceux des oiseaux, me regardèrent et je tendis lentement deux doigts pour effleurer ses cheveux noirs, doux comme une rose en soie. Sa joue était ferme et chaude, et je vis une petite cicatrice pâle au-dessus du sourcil. Il était bien un homme et non un esprit.

Avec une grande lenteur, comme s'il tentait d'attraper un papillon, il avança la main et me frôla la bouche, il passa son pouce sur mes lèvres en tenant mon menton dans sa paume tiède.

Je fermais les yeux, abandonnée dans le plaisir et le réconfort de son toucher. Puis j'entendis l'appel des corbeaux : *quark-quark-quark. Kek-kek-kek.*

J'ouvris les paupières. Il avait disparu, évanoui dans le brouillard. Ma bague et une plume noire avaient été déposées sur le carré de soie rose.

—Ces hommes sont corpulents et forts, et ils s'habillent en peaux d'animaux, m'explique Thevet avec un petit rire dédaigneux. Ils nouent leurs cheveux au sommet de la tête tout comme nous attachons les queues des chevaux ici.

—La plume.

—Oui, ils se mettent des plumes comme ornements.

Je porte la paume de ma main à mon nez et je sens le lourd parfum de l'écorce séchée et des feuilles.

Perplexe, le franciscain avance sa grosse lèvre inférieure :

—Comment avez-vous réussi à survivre à cet hiver ?

—Les corbeaux.

—Vous en avez mangé ?

—Non, Père, je les ai suivis jusqu'à la nourriture.

—« Je ! » s'exclame-t-il. Vous avez enfin dit « je ! » Je suis enfin parvenu à vous faire admettre que vous êtes bien Marguerite.

Il inspire longuement comme s'il venait d'accomplir une tâche ardue. Il ne comprend pas, il ne comprendra jamais. Je lis la répugnance dans son regard :

—Suivre les corbeaux ? Brillant, mais ne vous menaient-ils pas vers des animaux morts et des carcasses en décomposition ? Pourquoi n'avez-vous pas tiré sur un chevreuil ou un ours ?

—La poudre avait perdu sa puissance.

—Comment vous protégiez-vous ?

—Ce n'était pas nécessaire.

—Mais vous n'auriez pas pu vous alimenter de charogne.

—J'attrapais des lapins, je mangeais de l'écorce et des racines d'arbres, des algues…

—Vous n'auriez pas pu survivre tout un hiver en n'avalant que cette nourriture, Marguerite. Vous avez certainement reçu de l'aide… de quelque chose…

J'entends leurs voix : *Sauvée par notre grâce, et non celle de Dieu. Marguerite est morte, mais tu dois vivre. Son péché, et non le tien.*

—De Dieu, dis-je impassiblement.

—Dieu ?

Je cherche à corser mes mensonges avec de l'enthousiasme :

—Lorsque les démons voulaient me faire céder à la tentation en poussant des cris stridents et des hurlements, c'est Dieu qui me portait secours, Dieu qui me protégeait des loups et des ours. C'est comme si ses anges comblaient mon ventre. Je n'avais plus faim. Quand ils apparaissaient, les esprits malins fuyaient.

J'agite les mains, paumes ouvertes, laissant voir ma blessure. J'essaie de maintenir ma voix haute et légère, emplie d'un respect mêlé de crainte.

Le visage du franciscain est baigné d'émerveillement. Il se penche sur sa feuille et consigne mes mensonges avec frénésie.

—À quoi ressemblaient les anges ? me demande-t-il sans lever les yeux de ses notes.

—Ils portaient des robes blanches étincelantes. Ils avaient les ailes et les cheveux dorés.

—Combien étaient-ils ?

—Trois.

Il doit toujours y en avoir trois. Ou bien sept.

—Leur taille ?

—Grands comme un homme, mais plus élancés.

Derrière le franciscain, j'aperçois un visage lisse et bronzé, une petite cicatrice pâle au-dessus du sourcil, une plume noire ballottant au vent.

Thevet caresse sa croix en or :

—Comme saviez-vous que les anges n'étaient pas des démons déguisés ?

Kek-kek-kek. Jusqu'à quand, ô Éternel ? Jusqu'à quand ? Cark-cark-cark.

Je fais une pause pour écouter et réfléchir. J'entends le frottement de la pierre sur la pierre : trois cent vingt jours, trois cent vingt nuits. Seule, mais pas complètement.

—Je leur ai imposé une épreuve. Les anges restaient lorsque je me mettais à réciter des psaumes et ils inclinaient la tête lorsque je priais.

Thevet ferme les yeux et baisse lui aussi la tête :

—C'est l'épreuve parfaite, Marguerite, l'épreuve parfaite. Et avez-vous fait acte de contrition pour vos péchés infâmes ? me demande-t-il en levant les yeux.

Je fixe son visage moralisateur.

Péché infâme. Impardonnable. La pénitence. Son péché, et non le tien.

—Oui, les anges ont accordé l'absolution.

Quark-quark-quark. Kek-kek-kek.

Il trempe sa plume dans l'encre noire pour noter ce que j'ai dit. Il semble avoir oublié qu'hier encore, il me croyait possédée par le Démon. Aujourd'hui, il est persuadé que j'ai vu des anges et que je leur ai parlé.

Idiot. Imbécile.

—Oui.

Pendant qu'il écrit, le moine passe sa langue sur ses grosses lèvres comme s'il trouvait provocante ma description des anges.

Les voix ricanent : *Le père pervers. Le père lascif.*

—Et au printemps, dis-je, les anges ont attiré les phoques… comme une manne tombée du ciel.

Le cadeau. Le cadeau. Les esprits de cet endroit.

Je vois Marguerite, lourde de Michaëlle, levant le sabre.
Comme elle, j'ai empli mon ventre de leur chair riche et de
leur graisse mais, à la différence de Marguerite, je ne croyais
pas que les loups-marins étaient un cadeau de Michel ou de
Dieu. Ils étaient un cadeau des esprits de ce lieu. Ils étaient
une offrande aux ours et aux corbeaux. Les phoques étaient
leurs propres cadeaux à eux-mêmes.

Les oiseaux m'entourèrent et se rassasièrent. Nous avons
festoyé à côté des grands ours blancs et de leurs rejetons. Je
ne craignais ni leur souffle, ni leurs pattes énormes, ni eux.
Ils me regardaient de leurs petits yeux noirs vaguement
curieux et acceptaient ma présence au milieu d'eux. Puis, ils
tuèrent les loups-marins comme ils le faisaient depuis toujours, jusqu'à ce que tout ce qui était blanc — la neige, la
glace, les ours et les phoques — soit baigné de rouge carmin.

—Ensuite, l'eau s'ouvrit près de la grève et les canards et
les oies arrivèrent. Les oiseaux marins ont fait leur nid. Les
démons, comme les anges, m'ont alors laissée seule.

Seule. Seule.

Je murmure, mais le franciscain ne m'entend pas :

—Non, pas seule.

Je m'asseyais dans la grotte et je flattais la plume noire en
écoutant le léger frottement. Je l'appelais et il apparaissait. Il
se matérialisait silencieusement à travers la fumée grise et
venait à côté de moi sur le rocher rose s'allonger sous les
fourrures.

L'esprit. L'amour. Le compagnon.

Je sens encore le contact de ses lèvres. La peau rude au
bout de ses doigts, la douceur de ses cheveux sur mon visage.

Je sens les muscles doux de ses bras et ses jambes, la force de son dos, sa façon de combler le vide en moi.

Je sens l'odeur de mousse sèche de sa peau.

Il ne disait jamais un mot et ne souriait pas. Je faisais attention, très attention, parce que parfois je tendais la main vers lui, mais je ne saisissais que de la fourrure ou bien mes doigts traversaient sa poitrine et il s'évanouissait dans la fumée du feu. J'essayais de ne pas m'endormir parce que lorsque je me réveillais, il était parti et j'étais seule. Toujours.

Seule. Seule.

—Oui, dis-je. Seule, toujours seule.

—Mais Dieu était avec vous, Marguerite. Dieu était toujours avec vous.

Je me réveille dans ma mansarde, mais je sens le granit rugueux sous mes doigts. La grotte? Ou l'église des Saints-Innocents? Pourtant, c'est l'odeur de la mousse qui s'élève, non celle du sang. Je saisis la plume noire, espérant l'appeler à moi, mais il est loin maintenant, trop loin pour que je le rappelle. Il ne peut pas venir à moi ici.

Je me lève et allume une bougie, puis j'aperçois des yeux verts brillants à la fenêtre ouverte. J'avance avec précaution vers la chatte méfiante qui demeure immobile, sauf pour la queue qu'elle agite d'un côté à l'autre. Son ventre gonflé contraste avec son corps mince. Je tends la main très, très lentement. Lorsque mes doigts ne sont plus qu'à quelques pouces de sa tête jaune, elle s'enfuit en boitant de la patte arrière.

Je trouve un morceau de fromage que je laisse sur le bord de la fenêtre.

C'est dimanche. Je suis libérée des filles et de Thevet. Je parcours les chemins boueux dans les bois et les champs autour de Nontron dans l'espoir d'entendre le lent battement des ailes noires. À mon retour en France, je me suis rendu compte que les corbeaux parlent la même langue ici et là-bas, tandis que les corneilles parlent un dialecte semblable. Cela ressemble à comparer le patois d'Angoulême à celui de Périgueux.

Les corneilles sont presque aussi intelligentes que les corbeaux. Elles suivent les fermiers lorsqu'ils sèment l'orge et le seigle. Les hommes les attaquent et agitent leurs bras comme si eux aussi pouvaient voler mais, dès qu'ils ont le dos tourné, les corneilles reviennent. Alors, les cultivateurs demandent à leurs enfants de se tenir dans les champs pour éloigner les oiseaux.

Les corneilles réapparaissent le dimanche, lorsque les fermiers et leurs enfants sont à la maison ou à l'église. Le soleil du matin colore leurs plumes noires d'un lustre émeraude. Les oiseaux mangent avec avidité et je suis tentée de me joindre à eux pour cueillir les céréales afin de les moudre en farine. Je n'avais pas de pain sur l'île et, maintenant, je n'en ai jamais assez.

Je pénètre dans l'obscurité rassurante de la forêt, entourée d'érables et de hêtres monumentaux qui commencent à reverdir. J'inspire le parfum vert. Je contemple une jeune feuille d'érable en suivant les nervures complexes, je la caresse et la colle sur ma joue.

Les corbeaux se réunissent haut dans les arbres et m'accueillent de leurs « quark » et de leurs « prouk ». J'entends leurs ailes, comme des murmures de bienvenue, qui bruissent, glissent et grincent. Leurs griffes éraflent l'écorce. L'un d'eux se déplace sur une branche, puis essuie son bec large entre ses pattes. Ils secouent leurs plumes, puis les lissent sachant que je ne leur veux aucun mal, que je suis simplement venue me reposer en leur compagnie. J'écoute leurs conversations assourdies, *koum-koum-koum,* et je sais qu'ils ne me poseront aucune question.

Je tressaille en apercevant la silhouette dégingandée de monsieur Lafrenière se diriger vers moi sur le sentier. Lorsqu'il lève un bras pour me saluer, les corbeaux s'élèvent lentement dans le ciel cristallin et s'en vont. Je fais demi-tour et je m'éloigne à la hâte, en faisant semblant de ne pas l'avoir vu. Je ne regarde pas derrière moi et je ne ralentis pas le pas avant d'avoir gravi l'escalier menant à ma mansarde.

J'ouvre brusquement la porte en haletant et j'aperçois la chatte tigrée roulée en boule sur le lit. Elle saute en bas et, son ventre frôlant le sol, se glisse à l'extérieur par la fenêtre.

Je ferme la fenêtre. Pour éviter de penser à Lafrenière, j'observe les petits cercles de verre teinté aigue-marine comme s'ils contenaient la mer. Puis je pense à la chatte. Elle dormait sur mon lit. Elle semblait méfiante, mais elle se trouvait bien *sur mon lit.* J'ouvre la fenêtre en espérant qu'elle revienne.

J'entends un coup violent à la porte, puis un chuchotement sonore :

— Madame de Roberval, s'il vous plaît, je dois vous parler.

Je ne dis rien. Que me veut cet homme ?

— Je sais que vous êtes là. Je vous en prie, venez à la porte.

Je perçois l'urgence dans sa voix, mais je lui réponds sans ouvrir :

— Non.

Je les entends qui me tentent : *Les convenances. Une femme seule. Un homme. Cark-cark-cark. Scandaleux.*

Les voix savent que je ne me préoccupe pas des convenances. Lafrenière non plus, sinon il ne se présenterait pas seul chez moi. Pourtant, je suis reconnaissante aux voix puisqu'elles m'ont donné une raison de le chasser.

—Je suis seule, dis-je. Vous devez partir.

J'applique mon oreille contre la porte mais, plutôt que d'entendre des pas descendre l'escalier, je ne perçois que les cris d'un enfant dans la rue et le gazouillis distant d'un merle qui résonne encore et encore.

Il finit par répondre:

—J'ai d'honnêtes intentions, Madame de Roberval. Si vous le voulez, nous pouvons converser en marchant dans un endroit où tout le monde peut nous voir. Mais je ne partirai pas tant que je ne vous aurai pas parlé.

—Nous pourrons discuter des leçons de latin d'Isabelle demain.

—Je ne veux pas vous entretenir de ma fille ni du latin. Je veux vous parler… d'autres choses.

—Quelles autres choses?

Je sais déjà: Lafrenière souhaite m'interroger au sujet de Marguerite.

—S'il vous plaît, ouvrez-moi.

—Je ne répondrai à aucune de vos questions.

—Alors, je ne vous en poserai pas, mais je ne partirai pas tant que vous ne m'aurez pas ouvert.

J'entrouvre la porte.

Il a le visage rougi et des gouttes de sueur perlent sur son front. Il sent la terre, l'air frais et la laine humide.

—Je vous en prie, me dit-il, puis-je entrer? Je ne peux pas vous parler derrière une porte.

Je demeure longtemps immobile, l'œil collé à l'ouverture étroite.

—Vous venez marcher alors?

Je laisse entrer Lafrenière. Ses hauts-de-chausse et son doublet sont froissés. De la boue adhère à ses bas et à ses bottes. Son col et ses manchettes, blancs à l'origine, sont tachés et râpés. Il regarde autour de lui et se résigne à rester debout. Il n'y a pour s'asseoir que le lit et le banc près de l'âtre.

Je ferme la porte derrière lui. Il enlève sa toque et la tient sur sa poitrine, comme s'il s'attendait à ce que je l'invite à parler. Je croise les bras. J'ai l'intention de le laisser faire pour qu'il s'en aille rapidement.

Il se lance :

— Mon demi-frère connaissait monsieur de Roberval.

— Vous me l'avez déjà dit.

— Je voudrais que vous sachiez, lâche-t-il, que je crois que Roberval était le pécheur.

Je hausse les épaules. Ce que Lafrenière pense de Roberval m'indiffère.

— Mon frère, mon demi-frère plutôt, l'a accompagné. Il n'est jamais revenu.

Michel ? Je pose la main sur mon cœur pour taire ses battements.

— Saintonge, le pilote de Roberval, m'a raconté que mon frère s'était noyé lorsqu'il est allé avec Roberval en expédition autour de Charlesbourg Royal…

Non, ce n'était pas Michel. Mon cœur se calme.

— … pour trouver de l'or et des pierres précieuses, explique Lafrenière avec amertume. Mon frère est mort noyé à cause des folies et de la cupidité de Roberval.

Je me rends compte à ce moment que le frère de Lafrenière était l'un de ces nobles pathétiques qui se tenaient à l'écart, les mains jointes sur leur braguette, et qui n'ont rien fait lorsque Roberval a abandonné Marguerite, Michel et Damienne à leur mort.

Je ne peux retenir un reniflement de mépris :

—Alors, vous voulez que je le pleure?

—Non, bien sûr que non, mais je pensais…

—Quoi?

—Que cela aurait pu vous réconforter… dit-il en cherchant ses mots. Je ne crois pas que votre mari et vous ayez fait quoi que ce soit de mal. Ni de scandaleux.

Il tripote machinalement le bord de son chapeau.

Alors, c'est cela que souhaite monsieur Lafrenière: il veut assouvir son appétit charnel. Il croit qu'en m'offrant le pardon et la compréhension, je serai avide de discuter de telles choses, puis il sourira mielleusement et m'observera parler de comportement lascif, de désir, de scandale.

—Vous vous trompez, ce n'était pas moi.

Il recule:

—N'êtes-vous pas Marguerite de la Roque de Roberval?

—Vous avez convenu de ne pas me poser de questions.

—N'êtes-vous pas celle que Roberval a abandonnée sur l'île des Démons?

—Elle est morte. J'ai survécu.

—Je ne comprends pas.

—Nous avons parlé trop longtemps, lui dis-je. Vous devez partir maintenant.

—Non, je vous en prie. Pas avant de vous avoir demandé pardon de la part de mon frère. Il était jeune et n'a pas eu le courage de s'opposer au vice-roi.

Je revois les regards fuyants, les mains jointes sur la braguette, les pieds qui se dandinent d'une jambe sur l'autre. Je lui dis:

—Beaucoup ont manqué de courage.

—S'il vous plaît, je vous supplie de lui pardonner.

—Ce n'est pas à moi d'accorder le pardon.

—Mais vous…

—Ce n'était pas moi!

Lafrenière incline la tête, tout comme le franciscain. Il me fixe un long moment de ses yeux couleur de fer marqués de profondes rides au coin extérieur. Il n'est pas dénué de soucis et d'intelligence. Son regard gris s'adoucit et il hoche la tête lentement, comme s'il comprenait. Il murmure:

—Bien sûr.

Que peut-il bien comprendre au sujet de Marguerite? Ou de moi?

Il persiste et parle maintenant d'une voix douce en tenant sa toque contre sa poitrine:

—Le plus grand regret de Saintonge est de ne pas avoir réussi à convaincre Roberval de rentrer en France avec Cartier et de ne pas avoir persuadé le vice-roi de vous…

Il se tait, puis reprend:

—… de punir Marguerite d'une façon différente.

—Je ne sais rien de Roberval, de Saintonge ou de Marguerite.

Les yeux de Lafrenière brillent, comme s'il allait se mettre à pleurer. Il pose un genou par terre:

—Je vous en prie, permettez-moi de vous demander pardon au nom de mon frère.

—Je vous l'ai dit: ce n'est pas à moi de vous accorder le pardon.

Je me détourne de sa démonstration de faiblesse. Comme son demi-frère: faible et sans courage. Sauf qu'il tripote sa toque plutôt que sa braguette.

Il s'adresse à mon dos avec un débit rapide:

— Roberval n'aurait jamais dû vous… Je veux dire, il n'aurait jamais dû emmener Marguerite. Pourquoi mêler une jeune fille de la noblesse à une telle aventure?

Pourquoi? Koum-koum-koum. Pourquoi?

—Vous aviez des motifs de le tuer.

La vengeance. La justice. Assassin.

Je me retourne et lui dis :

—Assassin.

Ses joues rougies pâlissent, puis il finit par convenir :

—Oui, Roberval était un assassin. Et pour ma part, je suis heureux qu'il ait été tué.

Il me regarde avec méfiance.

La culpabilité. Il faut acquitter ses dettes.

—Vous m'avez dit ce que vous vouliez me dire. Vous devez vous en aller maintenant.

—Bien sûr. Mais veuillez penser à ce que je vous ai dit. Et cherchez dans votre cœur la miséricorde et le pardon, me prie Lafrenière en inclinant la tête comme s'il me suppliait.

J'entends des rires moqueurs : *La pitié et le pardon. Le cœur tendre. Être fragile, c'est mourir.*

Je suis d'accord :

—Oui, être fragile, c'est mourir.

Il hoche la tête et me dit en posant une main sur la porte :

—Non, Madame de Roberval, être fragile, c'est être clément. Vous êtes amère, et avec raison. Mais sous votre amertume se cachent la bonté et la miséricorde.

Des échos rieurs résonnent sur les murs : *La bienveillance et la pitié de Marguerite. La bienveillance et la pitié de Marguerite.*

—Je vous prie de pardonner mon effronterie, mais je peux déceler cela en vous. Et je crois qu'Isabelle le perçoit elle aussi.

J'aimerais rire aux éclats avec les voix. Peu importe ce qu'Isabelle et lui voudraient voir, il n'y a que de la sauvagerie en moi. Pas de bonté ni de miséricorde.

Il me demande stupidement :

— Puis-je venir vous visiter à nouveau ? Pour entendre votre réponse. Peut-être dans un lieu plus approprié… où nous pourrions aborder des sujets plus agréables.

— Vous devez partir maintenant.

— Bien entendu, dit-il, bien entendu.

Il serre sa toque entre ses mains dans l'espoir de sauvegarder sa dignité. Enfin, il la met, l'ajuste sur sa tête et ferme la porte derrière lui.

Ma journée de liberté, ma journée avec les corbeaux, est complètement gâchée.

J'écoute mes élèves réciter des prières à saint Georges qui a tué des dragons en défendant des jeunes filles. Demain sera la fête de ce saint, une autre journée de liberté sans les petites et sans Thevet. Le franciscain passera la journée sur un genou devant son Christ à prier pour avoir la force de tuer des dragons.

Pour le moment, par contre, je dois écouter le latin haletant, les voix sans harmonie, les mots marmonnés. Seule Isabelle prononce avec justesse et précision. J'écoute sa voix :

— Ô Dieu, toi qui as donné à saint George la force et la patience pour résister aux différents tourments qu'il a subis au nom de notre sainte foi, nous t'implorons de préserver, grâce à son intercession, notre foi à l'abri des hésitations et du doute afin que nous puissions te servir fidèlement avec un cœur sincère jusqu'à la mort.

Isabelle m'observe tandis qu'elle récite, comme si elle pouvait confirmer ses doutes que j'enseigne des notions auxquelles je ne crois pas moi-même. Je me demande ce que son père lui a raconté et ce qu'elle guette sur mon visage. Hier, après le départ de Lafrenière, je suis allée à la fenêtre et j'ai examiné mon reflet dans le verre aigue-marine. J'ai allumé une bougie et j'ai continué longtemps pendant la nuit. Je n'y ai perçu aucune bonté, aucune gentillesse, aucune miséricorde. Que la teinte et la texture du granit.

Le chat tigré n'est pas revenu.

Isabelle s'approche une fois que les filles ont terminé la prière et ont pris leur ardoise pour s'exercer à écrire. Les lettres et les mots simples l'ennuient, mais je n'ai aucun autre livre à lui donner.

—Madame de Roberval, papa m'a montré certaines de ses cartes. Avez-vous vu les dragons?

—Je ne sais rien des dragons.

—Vous n'en avez vu aucun? me dit-elle le visage allumé par l'excitation du danger. Pas un seul? Même loin dans la mer?

Je lui réponds avec fermeté en latin:

—*Nullus.*

—Oh…

Isabelle ploie les épaules de déception.

Je me dirige vers la fenêtre. Isabelle me suit avec acharnement. Sa main menue tire ma jupe et son petit corps frissonne:

—Mais ils sont horribles, n'est-ce pas? Et dangereux! Pensez-vous que saint Georges en a vraiment tué un? Lui tout seul?

Je soupire:

—Isabelle, je ne sais rien des dragons.

—Mais en quoi croyez-vous?

—Peu importe en quoi je crois. *Nullus.*

Isabelle réfléchit à cela un moment, puis dit:

—J'ai vu un homme très laid un jour. Il avait le visage plein de cicatrices. Il ressemblait à un monstre… ou à un dragon. Il s'est présenté à la porte chez nous et papa l'a laissé entrer. Il marchait comme cela, me raconte-t-elle en imitant quelqu'un traînant sa jambe derrière lui.

Je me détourne pour dissimuler ma détresse. L'homme défiguré, un colon de Roberval. Ce n'était pas un rêve ni une apparition.

Isabelle réprime un sourire malicieux derrière sa main et me confie :

—Ils sont allés dans le bureau de papa. Je me suis cachée derrière la porte et j'ai regardé par le trou de la serrure.

J'entends à nouveau les paroles de Lafrenière : « Je suis heureux que Roberval ait été assassiné. »

A-t-il payé l'homme au visage ravagé ? Est-ce cela qu'il était venu me dire ?

Assassin. Le sang rouge. Péché infâme.

Je réponds d'une voix douce :

—Non, pas un assassinat… De la justice.

—*Jus, juris,* dit Isabelle en latin.

On doit acquitter ses dettes. Koum-koum-koum.

—Oui, Isabelle, oui.

Le franciscain m'a déjà demandé, à maintes reprises, ce que j'ai mangé cet été-là. Il est très curieux de savoir comment j'ai pu survivre. Il est obsédé par les anges et les démons. Il m'a si souvent fait raconter comment les anges m'avaient sauvée que je les vois maintenant flotter autour de lui avec leur chevelure et leurs ailes dorées. Ils gloussent lorsque le bout de leurs ailes effleure le cercle de calvitie sur le sommet de sa tête et que le moine se gratte.

—Est-ce que beaucoup de bateaux ont longé l'île ?

—Quelques-uns.

—Combien?

—Je ne les ai pas comptés.

—Vous avez soigneusement compté les jours, mais aucun des navires?

—Les jours sont toujours là, Père, mais parfois mes yeux confondaient les goélands avec des voiles.

La mine renfrognée du franciscain m'indique que ma réponse ne lui plaît pas, mais je ne peux pas lui expliquer que je ne guettais plus l'horizon parce que je ne m'attendais pas à ce qu'on vienne me chercher, et je ne le souhaitais pas non plus. Tous les jours à l'aube, je gravais un nouveau trait sur la paroi, mais je n'allumais plus de feu sur la grève.

Au cours de l'été, je cueillis des baies et les fis sécher, je ramassai des œufs. Je fis aussi sécher du poisson et de la viande de phoque. Malgré tous ces efforts, je n'avais pas beaucoup de réserves parce que je passais de longues heures à observer la couleur et la forme de chaque fleur en train d'éclore : les blanches au parfum sucré, les petites cloches roses qui poussaient près du sol, les grappes rose foncé et les touffes blanches dans les tourbières, les boutons-d'or jaune vif et les pâquerettes ondoyant dans les prairies herbeuses.

Les os de mes hanches étaient pointus et saillants, mes doigts ressemblaient à des griffes osseuses. Même si je n'avais pas de miroir, je savais que mon visage avait l'aspect d'un crâne sur lequel était tendue ma peau tannée.

Malgré tout, je m'accommodais de ma vie sur l'île. Je ne m'inquiétais plus de savoir combien de temps durerait cette existence. Je m'intéressais seulement de savoir quand il reviendrait me voir.

Le compagnon. L'amour et le désir. Les esprits de cet endroit.
Je souris intérieurement.

—Mais les voiles du navire breton étaient bien réelles, dit

Thevet. Ce n'était pas des ailes de goélands.

— Non, mais elles auraient pu en être.

Confus, il cligne ses yeux bulbeux.

Je ne veux pas essayer de lui expliquer que j'avais vu et entendu beaucoup de choses, que je ne parvenais pas à distinguer ce qui était réel de ce qui ne l'était pas et que je m'en moquais. Tout existait. Tout était réel. Tout était ma vie : les ailes ivoire des goélands contre le ciel couleur de plomb ; le frottement minéral de la pierre contre la pierre ; le vagissement faible d'un enfant dans un vent argenté ; les araignées tissant ensemble des parcelles du monde, chaque jour, des fils de soie unissant le roc à la mer et au ciel. J'étudiais les fentes et les fissures dans le roc rouge et gris, et je voyais les rues de Paris, les yeux brillants de Michel, le visage accusateur de Damienne. Je contemplais les nuages gris fer et je voyais voler des colombes et hurler des meutes de loups. Parfois, je pouvais voir les os blancs à travers ma main, puis ma peau se refermait en laissant l'odeur métallique du sang.

J'observais les canards et les goélands se lisser les plumes et prendre des poses, tandis que les femelles préféraient plonger leur tête sous une aile. Je reconnaissais en elles les dames de la cour arborant des bijoux étincelants et des tenues de soie et de satin bleu pâle, topaze et améthyste, qui se pavanent majestueusement, feignent la timidité en tenant leur éventail de plumes devant leur visage de porcelaine. Les vagues pouvaient se transformer en armée d'ours blancs rugissants qui courent vers la grève et se heurtent avec fracas contre les rochers immobiles, puis disparaissent dans un vent rougeâtre. Je pouvais sentir leur haleine carnée et leur fourrure mouillée. Mais je percevais aussi leur indifférence bienveillante. Je pouvais sentir comment leur esprit habitait ce lieu et comment ils m'acceptaient parmi eux.

Le vent était parfois vert, parfois cramoisi, parfois indigo, et lorsque je soufflais doucement, j'entendais les notes claires et légères du cistre qui se mêlaient à la brise. J'entendais la voix lasse et effrayée de Marguerite récitant des poèmes, des prières et des psaumes. J'entendais Michaëlle hurler d'une faim qui ne pouvait être satisfaite.

Je contemplais sans fin l'éclat violet de la plume noire et j'y devinais son visage, ses cheveux soyeux et ses yeux acajou. Je pouvais flotter dans la fumée du feu, inspirer l'odeur de sa peau et m'observer avec lui.

Et toujours, toujours, il y avait les voix : chantant une mélopée funèbre, accusatrices, cajoleuses, réconfortantes. Et les corbeaux : *quark-quark-quark, prouk-prouk-prouk, kek-kek-kek, koum-koum-koum*. Ils narguaient Dieu et les anges, le Diable et les démons. Les oiseaux étaient souvent magnanimes, parfois cruels, mais ils s'amusaient toujours de l'humour noir du monde.

L'été vint, puis disparut à nouveau dans une explosion de couleurs. Les feuilles et la mousse prirent des teintes dorées, cuivrées, rouges, marron, orangées et pourpres. Les corbeaux riaient devant cette ironie que tant de beauté soit le présage des vents et du froid abominables à venir.

J'avais prévu m'éteindre sur la plaque de roc à côté de la grotte. Les corbeaux se régaleraient de mon corps. Je deviendrais l'un d'eux et je survolerais l'île en leur compagnie.

Je serais leur eucharistie : *ceci est mon corps… ceci est mon sang*. Je deviendrais un esprit de ce lieu, comme lui.

Le moine me regarde avec tristesse comme si lui-même se sentait seul :

— La solitude, Marguerite, l'inconcevable solitude. N'étiez-vous pas ivre de joie lorsque vous avez vu s'approcher un navire ? N'êtes-vous pas tombée à genoux en louant Dieu pour votre sauvetage ? En vous rendant compte que vous retourneriez bientôt parmi les humains ?

J'entends rire : *Merci beaucoup, merci beaucoup. Kek-kek-kek.*

—Quand est arrivé le bateau ?

—Le vingt et unième jour d'octobre 1544. Huit cent trente et un jours après l'abandon de Roberval.

—Avez-vous vu des anges ce jour-là ?

—Aucun.

Je fixais le navire en attendant machinalement que les voiles disparaissent ou qu'elles se dissolvent en ailes blanches avant de s'envoler dans les nuages. Il s'est plutôt approché et j'ai observé des hommes descendre plusieurs gros barils et un canot. Près de la grève, l'eau était bleu vert, aigue-marine. Les vagues caressaient le roc rouge, et le vent soufflait doucement, entrelacé de paillettes de soleil.

—Le port est profond là-bas, explique Thevet. Les bateaux s'y ancraient pour faire provision d'eau fraîche.

Le franciscain veut s'assurer que je comprends que les pêcheurs bretons ne sont pas venus chercher Marguerite, mais bien de l'eau.

—Que vous ont dit ces hommes ?

—Je ne sais pas.

—Que voulez-vous dire ?

—Je ne les comprenais pas, Père.

Trois marins ramèrent jusqu'à la grève. Des pêcheurs, pas des soldats. Ils parlaient et riaient en manœuvrant les rames grinçantes, leurs voix portées au-dessus de l'eau se mêlant aux cris des goélands et des corbeaux. Les hommes sautèrent dans l'eau peu profonde et tirèrent leur bateau jusqu'au rivage, le bois frottant contre le roc.

Les corbeaux battirent en retraite et me lancèrent un avertissement de loin : *kek-kek-kek !* Mais je n'avais pas peur. Je m'attendais à ce que les hommes, le canot et le navire disparaissent, qu'ils s'évanouissent dans les nuages ou dans la mer, ou qu'ils se transforment en rochers et en arbres. Je ne pris pas la peine de me cacher.

Lorsque les pêcheurs m'aperçurent, ils se hâtèrent d'empoigner des sabres. Ils se tenaient ensemble et agitaient leurs armes comme si j'étais une bête sauvage ou un démon. Je ne bougeai pas. L'un d'eux s'avança et parla dans une langue vaguement familière, même si je ne comprenais pas. Sa voix se mêlait à toutes les autres.

Demat. Kek-kek-kek ! Bonjour. Qui êtes-vous ? Un sauvage ? Une sauvagesse ? Prouk-prouk-prouk ! Demat. Koum-koum-koum !

—Ils croyaient que vous étiez une Indienne, m'explique le franciscain amusé, une indigène de cette partie du monde avec vos vêtements de peaux, des plumes dans vos cheveux emmêlés et votre peau tannée par le soleil.

L'homme recula en constatant mon silence. Les trois pêcheurs se tinrent l'un près de l'autre en murmurant et en gesticulant. Leurs voix s'élevèrent et ils se mirent à se disputer. Je n'arrivais toujours pas à comprendre leurs paroles dures. Je couvris mes oreilles de mes mains.

L'un d'eux se tourna et me fit signe d'avancer. Ses yeux foncés exprimaient à la fois la crainte et la bonté, mais je refusai de bouger.

Ils finirent par partir, mais ils ne disparurent pas. Ils tirèrent leur petite embarcation dans l'eau et allèrent jusqu'au navire. Je les observai. Le canot revint un peu plus tard, transportant quatre marins cette fois, dont trois au moins armés d'un mousquet. Ils chuchotaient en ramant et en halant leur bateau sur la grève. À nouveau, l'homme au regard bon s'avança lentement vers moi en me faisant signe. Ses trois compagnons se tenaient derrière lui, leurs armes chargées, prêts à faire feu. Ils observaient tout autour d'eux.

—N'était-ce pas merveilleux de revoir des hommes civilisés? s'extasie Thevet. D'entendre des humains parler? Cela devait ressembler au retour des anges, comme si Dieu avait enfin exaucé vos prières.

Les voix se moquent: *Les prières. La bienveillance et la pitié de Dieu. Le silence.*

Le moine s'adresse à moi en arborant un air de consternation sur son visage pâteux:

—Toutefois, je comprends que les pêcheurs ont dû consacrer beaucoup de temps à vous convaincre de venir avec eux. Ils croyaient que vous ne vouliez pas quitter ce lieu! s'exclame-t-il avec un rire incrédule.

Le soleil s'évanouit derrière moi et le ciel devint foncé comme le vin. Je me retournai et me dirigeai vers la grotte, m'attendant toujours à ce que les pêcheurs et leur bateau disparaissent. Les hommes m'ont plutôt suivie. Je ne me retournai pas, mais je pouvais entendre leurs pas sur le roc. Lorsque nous atteignîmes l'entrée, un des marins armés me fit signe de m'éloigner et scruta l'obscurité avec prudence. Il pénétra lentement dans la caverne.

Il en émergea quelques instants plus tard en parlant avec agitation:

—Une *maouez!* Une femme! Elle est française!

Cette fois, je pus comprendre quelques mots français mêlés au breton. Il faisait de grands gestes en décrivant la malle et le cistre. Les hommes se tournèrent vers moi avec une crainte plus considérable encore que si leur compagnon avait dit «une Sauvagesse». Trois pêcheurs se penchèrent pour entrer dans mon abri, mais l'homme au regard bon s'approcha et s'adressa à moi dans un français hésitant :

—Qui êtes-vous ?

Je restai coite un long moment tandis que j'écoutais le chœur des *quark-quark-quark, prouk-prouk-prouk* et *cark-cark-cark* au loin. Je répondis :

—Le corbeau.

Il détourna les yeux, observa l'océan, puis me posa une nouvelle question :

—Y a-t-il quelqu'un d'autre ?

—Non.

—Personne ?

—Seulement les morts.

—Combien ?

Je lui ai montré quatre doigts.

—Depuis combien de temps êtes-vous ici ?

J'attendis. Ma gorge me faisait mal à cause des mots qui irritaient la chair tendre. Je frottai mon cou et je lui répondis :

—Elle a été abandonnée au milieu de l'été, il y a plus de deux ans.

—Qui est cette personne ? Et qui êtes-vous ?

Comme je n'ouvrais pas la bouche, il a levé deux doigts :

—Deux ans ?

—Oui.

—Comment êtes-vous arrivée ici ?

—Abandonnée.

Il me considéra d'un air incrédule et il habilla mes mots :

—Abandonnée ? Qui vous a laissée ici ?

—Le vice-roi.

—Lequel ?

—Roberval. De Nouvelle-France.

Le nom parut étrange sur mes lèvres. Il s'éleva dans l'air et forma un nuage de fumée noire entre nous.

—Deux ans ? répéta le pêcheur. Mais pourquoi, pour-quoi ?

—Pourquoi ? demande Thevet. Pourquoi ne vouliez-vous pas quitter cette île barbare ? Pourquoi ?

La voix stridente du franciscain blesse mes oreilles.

—Tout ce qui avait de l'importance pour elle s'y trouvait.

Il fait la moue. Ma réponse semble avoir troublé son esprit simplet.

Les hommes regardèrent le ciel qui s'obscurcissait, sortirent de la grotte et montèrent dans leur canot pour regagner leur navire. Je croyais que c'était la fin de cette incursion et qu'ils repartiraient le lendemain matin.

Cette nuit-là, allongée sous les fourrures douces, je l'appelai à moi en tenant la plume noire. Il émergea de la fumée grise du feu. Nous nous aimâmes. Il caressa mes joues et mes cheveux et je lus de la tristesse dans son regard acajou. Et une délivrance.

J'entendis les voix : *Fini, l'amour. Il est fini.* Et je sus qu'il ne viendrait plus à moi.

Le lendemain matin, je choisis une pierre et je traçai une dernière ligne sur la paroi noircie par la fumée. Le frottement de la pierre contre la pierre. Huit cent trente-deux.

Les hommes revinrent dans la grotte et essayèrent de prendre les fourrures, la malle de Marguerite et le cistre de Michel. Je ne leur permis pas, mais je ne pus les empêcher d'emporter l'instrument incrusté d'ivoire, d'argent et de cuivre.

Je ne pris avec moi que la marmite en fer, la dague de Michel, le Nouveau Testament de Marguerite et la plume d'ébène. Je laissai la bague ornée d'une perle à l'entrée de la grotte en ultime offrande aux corbeaux.

—Mais vous êtes bien partie, dit le moine.

—Oui.

Thevet me regarde comme s'il venait de résoudre une énigme complexe :

—Et lors du voyage de retour, vous avez eu plusieurs semaines pour comploter.

—Comploter ?

—Votre revanche.

—Je m'en moquais.

—Mais vous vouliez certainement vous venger de votre oncle.

—Mes pensées se portaient sur tout ce que j'avais laissé sur l'île.

—Tout ce que vous aviez laissé ? postillonne le franciscain. Votre malle ? Quelques vieilles fourrures ?

Les corbeaux. Koum-koum-koum. Les esprits. L'amour.

Le moine lève sa coupe pour boire une gorgée de vin. Il essuie sa bouche du revers de la main et convient :

—Il y avait bien les restes de votre amant et de votre enfant, j'imagine. Mais vous le détestiez sûrement, Marguerite. Vous avez dû vous lancer à sa recherche.

—Je ne l'ai jamais revu.

Il pointe un doigt accusateur :

—Ah ! Mais vous avez engagé quelqu'un.

Je glisse ma main dans les plis de ma jupe pour caresser du pouce la lame affûtée de la dague de Michel. Je l'ai peut-être fait. Ou peut-être était-ce Lafrenière qui a engagé l'homme au visage ravagé. Peut-être l'avons-nous payé tous les deux, ou peut-être pas. Cela a-t-il de l'importance ? Roberval est mort et nous nous en réjouissons tous les deux.

—La reine de Navarre m'a conseillé de confier le sort de Roberval aux mains de Dieu, dis-je à voix haute, et c'est ce que j'ai fait.

Des ricanements : *Les mains de Dieu ou les mains des*

hommes? Koum-koum-koum. Le meurtre ou la justice?

— La justice, répondis-je en murmurant.

Puis je m'adresse au franciscain :

— Vous n'avez jamais demandé pourquoi Roberval l'avait tuée.

— Qui?

— Marguerite.

— Vous recommencez. De toute évidence, Roberval ne vous a pas tuée, Marguerite, puisque vous êtes ici. Il était en droit de vous punir pour votre comportement scandaleux. Vous êtes chanceuse que le vice-roi ne vous ait pas jetée par-dessus bord, dit Thevet avec lassitude en passant son doigt sur le bord de la coupe.

La justice ou le meurtre? Koum-koum-koum.

Je choisis soigneusement mes mots pour le moine stupide. Puis-je lui expliquer, de façon à ce qu'il comprenne, que Marguerite croyait que son oncle avait de l'argent et qu'à mon retour en France, j'ai découvert que la richesse de Roberval était une comédie?

Je toussote pour chasser les cailloux de ma gorge :

— Roberval avait des dettes.

— Beaucoup d'hommes, des nobles même, sont endettés, réplique-t-il d'un ton moqueur.

— Il ne voulait pas que Marguerite épouse qui que ce soit. Jamais.

Le moine hoche la tête :

— Ce ne peut être vrai. Si seulement quelqu'un de convenable avait demandé votre main…

— Roberval avait pris tout ce qu'elle possédait. Il souhaitait sa mort.

Thevet creuse ses joues :

— Je n'en crois pas un mot.

Les efforts que je déploie pour parler endolorissent ma gorge. Je ne trouverai jamais les mots pour faire comprendre à Thevet que Roberval avait tout prévu avant son départ de France. Il n'a pas abandonné Marguerite parce que son comportement l'avait scandalisé. Il l'a abandonnée parce qu'il était criblé de dettes. Si elle se mariait, il aurait fallu la doter et remettre un relevé de ses propriétés à son promis. Roberval avait déjà dilapidé le modeste héritage de Marguerite et vendu le petit château de sa famille avant même que les navires appareillent de France.

— Vous l'avez fait assassiner, n'est-ce pas?

— J'aurais aimé l'avoir fait, Père. J'en tirerais une certaine satisfaction.

Il ouvre et ferme sa bouche en silence, comme un poisson échoué sur la grève.

Je me lève et lisse ma jupe noire. La douleur dans ma gorge s'est apaisée.

— J'ai respecté mes obligations à l'égard du roi. Nous avons terminé.

Toujours enveloppée d'une couverture, je me lève et j'ouvre la fenêtre pour laisser entrer la lumière matinale. J'ai dormi longtemps, sans rêver, et le soleil est déjà haut au-dessus des toits. L'étroit faisceau qui pénètre illumine le tas de bois. L'araignée, repue, est partie en abandonnant sa toile abîmée. Je l'ai bien nourrie et je n'ai rien de plus à lui offrir.

J'entends frapper timidement et je retiens mon souffle. C'est aujourd'hui la Saint-Georges. Il ne reviendra certainement pas.

— Madame de Roberval? m'appelle une petite voix.

A-t-elle oublié qu'il n'y a pas d'école aujourd'hui?

J'entrouvre la porte devant Isabelle qui me tend de minuscules fleurs bleues.

—C'est pour vous.

Puisque je ne sais pas quoi faire, j'ouvre plus grand et je prends le bouquet qu'elle m'offre. Les fines tiges sont abîmées, et beaucoup sont même cassées. Les fleurs sont couleur de ciel pur avec un centre jaune clair. Des myosotis, que les poètes surnomment les « ne m'oubliez pas ».

N'oubliez pas.

Avant que j'aie le temps de lui demander de sortir, Isabelle avance audacieusement vers le lit défait et s'y affale, beaucoup plus à l'aise que son père. Elle me dit avec assurance :

—Vous devez les mettre dans l'eau, sinon elles vont faner.

Elle regarde la pièce : le banc, la petite table, l'âtre et la fenêtre.

—Je suis occupée aujourd'hui, Isabelle. Tu dois partir.

—Qu'allez-vous faire ?

—J'irai marcher dans les bois et les champs.

Pourquoi est-ce que je réponds aux questions d'une enfant impertinente ?

—Puis-je vous accompagner ? J'aime me promener. Papa aussi. Il dit qu'il a ses meilleures pensées lorsqu'il sort dans la forêt.

Isabelle redresse les épaules d'un air important et me montre une petite pièce en argent :

—Regardez ce qu'il m'a donné ! Il m'a chargée d'aller acheter du pain, toute seule, rigole-t-elle. Mais il a oublié que la boulangerie est fermée aujourd'hui.

Elle n'arrête de parler que pour pointer la fenêtre du doigt :

—Oh, regardez ! Votre chat.

Elle se précipite à la fenêtre et l'ouvre plus grand. La chatte tigrée recule, mais Isabelle l'attire :

—Viens ici, petit minou.

L'animal s'avance lentement. Isabelle tend la main et lui touche la tête. À ma grande surprise, il entre.

—Avez-vous de la crème?

Je hoche la tête.

—Avez-vous quelque chose? me demande Isabelle d'un air inquiet. Je crois qu'elle a très faim.

Comme dans un rêve, je lui tends un morceau de fromage. Elle l'offre à la chatte qui le renifle, puis le ronge avec avidité. Isabelle caresse son dos et j'ai l'impression qu'elle se retournera pour le gratter à son tour. Elle se met plutôt à ronronner.

—Comment s'appelle-t-elle? demande Isabelle.

Je ne réponds pas et je cligne des yeux.

—Elle n'a pas de nom?

Je hoche la tête.

Isabelle pose un doigt potelé sur son menton et lève les yeux en murmurant:

—Oh, elle doit bien en avoir un. Un nom latin, je crois.

Elle réfléchit, propose plusieurs noms, mais les écarte d'un geste.

—J'ai trouvé! annonce-t-elle avec enthousiasme. *Laetitia*. Joie. C'est parfait.

Je murmure ce nom, acceptant le fait que je possède maintenant une chatte baptisée Laetitia.

Être faible, c'est mourir.

J'entends les voix, mais j'entends aussi Lafrenière: *Être faible, c'est être clément... Sous votre amertume...*

—Laetitia est maigre, mais son ventre est gros!

Isabelle rit en mimant avec ses mains un gros ventre devant sa petite silhouette. Puis ses yeux s'animent:

—Oh! Est-ce que vous pourrez me donner un des chatons

quand ils naîtront? S'il vous plaît! Je suis sûre que papa me le permettra.

Étourdie, je dois m'asseoir. Je hoche vaguement la tête. Isabelle vient me prendre la main. Ses doigts sont tièdes et collants. La chatte la suit et se frotte contre ses chevilles. Isabelle m'observe attentivement:

— Pourquoi êtes-vous toujours aussi triste?

— Moi?

— Oui, très triste. Votre visage serait joli, mais il est toujours triste.

Je retire ma main et, inconsciemment, je la tends vers la chatte. Elle me permet de la flatter. Mes doigts s'émerveillent de la douceur feutrée de sa fourrure. Je la sens ronronner. Mes yeux s'emplissent de larmes. Je ne pourrai pas les protéger, elle et ses petits.

J'entends le gémissement d'un enfant et les voix qui me narguent: *La fille faible, la fille stupide. La fille naïve.*

— Est-ce que vous êtes triste parce que votre mari et votre bébé sont morts?

Je continue à flatter la chatte en me demandant si Isabelle a elle aussi entendu les gémissements de l'enfant affamé.

— Était-il beau?

— Très beau.

— Je suis désolée, Madame de Roberval.

Je réponds rapidement:

— Non, non, ce n'était pas moi. C'était une autre madame de Roberval qui a perdu son mari. Moi, je n'ai perdu personne.

Isabelle fronce les sourcils et garde le silence un long moment en flattant les joues de la chatte. Elle me confie:

— Moi aussi, je fais cela. Quand je suis très, très triste, je me dis à moi-même: « La mère d'Isabelle était belle et elle aimait Isabelle. Mais elle est morte. Pauvre Isabelle, elle n'a plus de maman. » Alors, j'ai de la peine pour Isabelle mais, moi, je suis moins triste.

Nous restons assises à flatter la chatte.

—Papa dit que c'est bien de faire ça, chuchote la petite.

La chatte ronronne toujours et se frotte contre ma jambe. Je suis émerveillée par sa douceur et sa chaleur. Isabelle touche l'oreille déchirée du félin :

—Comment est-ce arrivé ?

—Je l'ignore, Isabelle. Je ne sais pas qui l'a blessée.

Isabelle se lève et essuie une larme qui roule sur ma joue. Ses doigts sentent l'herbe et les fleurs. La chatte ronronne toujours, tandis que nous la caressons en silence, nos mains emmêlées.

—Votre bébé était-il très joli ? me demande la fillette.

Je reste immobile, étouffée par la douleur qui me serre la gorge. Les mots s'échappent en produisant un son rauque :

—Son… mon bébé était magnifique. J'ai fait tout ce que je pouvais pour la sauver, absolument tout.

Isabelle pose ses deux mains sur mes joues, les paumes ouvertes comme pour bénir :

—Bien sûr que vous avez tout fait. Vous l'aimiez. Vous étiez sa mère.

—Oui, j'étais sa mère.

Notes historiques

La documentation historique sur Marguerite de la Roque de Roberval est fragmentaire. Toutefois, Elizabeth Boyer a mené des recherches approfondies pour authentifier les documents à son sujet. Elle a publié la conclusion de ses travaux dans son ouvrage *A Colony of One: The History of a Brave Woman* (Novelty, Ohio, Veritie Press, 1983).

Marguerite était orpheline. Un membre de sa famille proche, Jean-François de la Roque de Roberval, est devenu son tuteur. Il est probable que les Roberval furent adeptes de la « nouvelle religion », connus à partir des années 1550 sous le nom de huguenots.

En 1541, le roi François 1er nomma Roberval vice-roi du Canada et lui confia le mandat de coloniser la Nouvelle-France. Jacques Cartier, le commandant en second de Roberval, quitta la France pour le Canada au printemps 1541. Le départ de Roberval fut retardé de près de un an. Ses navires — le *Vallentyne*, le *Sainte-Anne* et le *Lèchefraye* (parfois appelé le *Marye*) — appareillèrent de La Rochelle le 16 avril 1542. Marguerite accompagna Roberval ainsi que 200 criminels que François 1er libéra des prisons expressément pour cette expédition.

La flotte de Roberval arriva au port de St. John's (Terre-Neuve) le 9 juin 1542 et y demeura plusieurs semaines. Pour sa part, après avoir abandonné ses efforts de colonisation au Canada, Jacques Cartier rencontra Roberval à St. John's et défia ses ordres de retourner à Charlesbourg Royal. On croit qu'il leva l'ancre furtivement en pleine nuit pour rentrer en France.

Les navires de Roberval empruntèrent une route nordique à partir de St. John's, passèrent par le détroit de Belle Isle pour pénétrer dans le golfe du Saint-Laurent. L'île des Démons est probablement Harrington Harbour, la plus vaste des îles Harrington situées le long de la rive nord du Québec, en Basse-Côte-Nord, à environ 220 kilomètres au sud-ouest de Blanc-Sablon.

Bibliographie

Biggar, Henry P., *A Collection of Documents Relating to Jacques Cartier and the Sieur de Roberval*, Ottawa, Archives publiques du Canada, 1930.

Boyer, Elizabeth, *A Colony of One: The History of a Brave Woman*, Novelty, Ohio, Veritie Press, 1983. (On peut s'en procurer un exemplaire en écrivant à l'une des deux adresses suivantes : Women's Equity Action League, Elizabeth Boyer Books, P.O. Box 16397, Rock River, Ohio 44116, États-Unis ou Blissegan@cs.com.)

Garrisson, Janine, *A History of Sixteenth-Century France, 1484-1598: Renaissance, Reformation, and Rebellion*, New York, St. Martin's Press, 1995.

Heinrich, Bernd, *Mind of the Raven: Investigations and Adventures with Wolf-Birds*, New York, HarperCollins Publishers, 1999.

Johnson, Donald S., *Phantom Islands of the Atlantic*, Fredericton, Goose Lane, 1994.

Johnson, Jean, « Marguerite de Roberval » dans *Wilderness Women: Canada's Forgotten History*, St. John's, Centre for Newfoundland Studies, Memorial University, 1973.

The Holy Bible (traduction de la Vulgate, version Douay Rheims de 1609), Rockford (Illinois), Tan Books and Publishers, Inc., 1899.

King, Margaret L., *Women of the Renaissance,* Chicago, The University of Chicago Press, 1991.

Knecht, R. J., *The Rise and Fall of Renaissance France,* Londres, Fontana Press (HarperCollins), 1996.

Machen, Arthur, *The Heptameron: Tales and Novels of Marguerite Queen of Navarre,* New York, Alfred A. Knopf, Inc., 1924.

Lestringant, Frank, *Mapping the Renaissance World: The Geographical Imagination in the Age of Discovery,* Cambridge, Polity Press, 1994.

Ryan, D.W.S. (dir.), *Legends of Newfoundland and Labrador,* St. John's, Jesperson Publishing Ltd., 1990.

Ryan, D.W.S. (dir.), *The Legend of Marguerite: A Poem by George Martin,* St. John's, Jesperson Publishing Ltd., 1995.

Schlesinger, Roger et Arthur Stabler (dir.), *Andre Thevet's North America: A Sixteenth-Century View,* Kingston et Montréal, McGill-Queen's University Press, 1986.

Stabler, Arthur P., *The Legend of Marguerite de Roberval,* Seattle, Washington State University Press, 1972.

Remerciements

Je remercie Amy Evans de son hospitalité cordiale et généreuse lors de mon séjour à Harrington Harbour et à l'île des Démons, ainsi que Christopher Lirette de Repentigny au Québec qui a pris le temps de m'amener à la grotte de Marguerite. J'ai aussi grandement apprécié l'immense talent de Rhonda Molloy pour la conception graphique de la version originale anglaise de ce roman, *Silence of Stone*.

Je tiens également à exprimer ma gratitude à Patricia Casson-Henderson et à Morgane Chollet qui ont lu des versions préliminaires de mon roman. Je suis très reconnaissante à mes filles Amy et Megan Beckel Kratz, à Michele Bergstrom, Christine Champdoizeau, Debra Durchslag, Tom Joseph, Clyde Rose, Rebecca Rose et Denise Wildcat qui ont formulé des commentaires des plus pertinents sur l'avant-dernière mouture du roman. Je leur dois beaucoup. Enfin, j'ai beaucoup apprécié les encouragements de Pat Byrne qui m'a soutenue depuis le tout premier mot.

Notes biographiques

Annamarie Beckel vit à Kelligrews à Terre-Neuve. Elle a débuté sa carrière professionnelle comme comportementaliste animalière et rédactrice scientifique. Elle a ensuite été, pendant quatorze ans, rédactrice, photographe et rédactrice en chef d'un bulletin d'information sur la réserve Ojibwé de Lac du Flambeau au Wisconsin, avant de consacrer ses compétences de chercheuse à la fiction historique. *Les voix de l'île* est son troisième roman.

Claudine Paquet :
Le temps d'après
Éclats de voix, nouvelles
Une toute petite vague, nouvelles
Entends-tu ce que je tais ?, nouvelles

Éloi Paré :
Sonate en fou mineur

Geneviève Porter :
Les sens dessus dessous, nouvelles

Patrick Straehl :
Ambiance full wabi sabi, chroniques

Anne Tremblay :
Le château à Noé, tome 1 : La colère du lac
Le château à Noé, tome 2 : La chapelle du Diable
Le château à Noé, tome 3 : Les porteuses d'espoir

Louise Tremblay-D'Essiambre :
Les années du silence, tome 1 : La Tourmente
Les années du silence, tome 2 : La Délivrance
Les années du silence, tome 3 : La Sérénité
Les années du silence, tome 4 : La Destinée
Les années du silence, tome 5 : Les Bourrasques
Les années du silence, tome 6 : L'Oasis
Entre l'eau douce et la mer
La fille de Joseph
L'infiltrateur
« Queen Size »
Boomerang
Au-delà des mots
De l'autre côté du mur
Les demoiselles du quartier, nouvelles
Les sœurs Deblois, tome 1 : Charlotte
Les sœurs Deblois, tome 2 : Émilie
Les sœurs Deblois, tome 3 : Anne
Les sœurs Deblois, tome 4 : Le demi-frère
La dernière saison, tome 1 : Jeanne
La dernière saison, tome 2 : Thomas
Mémoires d'un quartier, tome 1 : Laura
Mémoires d'un quartier, tome 2 : Antoine
Mémoires d'un quartier, tome 3 : Évangéline
Mémoires d'un quartier, tome 4 : Bernadette
Mémoires d'un quartier, tome 5 : Adrien
Mémoires d'un quartier, tome 6 : Francine

Visitez notre site : www.saint-jeanediteur.com

 Recyclé
Contribue à l'utilisation responsable
des ressources forestières
www.fsc.org Cert no. SGS-COC-003153
© 1996 Forest Stewardship Council
FSC

Marquis imprimeur inc.

Québec, Canada
2010

Imprimé sur du papier Silva Enviro 100% postconsommation
traité sans chlore, accrédité Éco-Logo et fait à partir de biogaz.